天喜文化

从声音到文字，分享人类智慧

春天，不到清明，他领一群孩子到麦田里放风筝。放的是他自己糊的蜈蚣（我们那里叫『百脚』），是用染了色的绢糊的。放风筝的线是胡琴的老弦。

又看见一家门口一个人一只手拿着一挂红红白白的东西，一搭一搭的，那只手拿着一根『煤头』要烧；郭妈妈忙说，『放爆竹了。』叫我们站住，用手闭了耳朵……

福

尤其是中秋一天，兴致更浓。在深黄昏，移桌子到隔壁的白场上的月光下面去吃。更深人静，明月底下只有我们一家的人，恰好围成一桌……

生活有小暖

丰子恺 等著

天地出版社 | TIANDI PRESS

目录

第一章　那一段金色时光

第二章　有一种情与生俱来

第三章　最暖人心烟火味

第四章　人间风日清且好

第五章　路过人间的小生灵

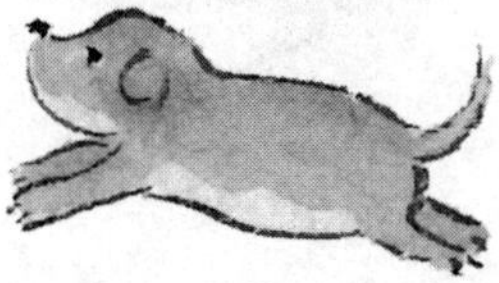

第六章　从来难忘不了情

第七章　一岁一礼一寸欢喜

第一章

那一段金色时光

消逝的钟声

史铁生

站在台阶上张望那条小街的时候，我大约两岁多。

我记事早。我记事早的一个标记，是斯大林的死。有一天父亲把一个黑色镜框挂在墙上，奶奶抱着我走近看，说：斯大林死了。镜框中是一个陌生的老头儿，突出的特点是胡子都集中在上唇。在奶奶的涿州口音中，“斯”读三声。我心想，既如此还有什么好说，这个“大林”当然是死的呀？我不断重复奶奶的话，把“斯”读成三声，觉得有趣，觉得别人竟然都没有发现这一点可真是奇怪。多年以后我才知道，那是一九五三年，那年我两岁。

终于有一天奶奶领我走下台阶，走向小街的东端。我一直猜想那儿就是地的尽头，世界将在那儿陷落、消失——因为太阳从那儿爬上来的时候，它的背后好像什么也没有。谁料，那儿更像是一个喧闹的世界的开端。那儿交叉着另一条小街，那街上有酒馆，有杂货铺，有油坊、粮店和小吃摊；因为有小吃摊，那儿成为我多年之中最向往的去处。那儿还有从城外走来的骆驼队。“什么呀，奶奶？”“啊，骆驼。”“干吗呢，它们？”“驮煤。”“驮到哪儿去呀？”“驮进城里。”驼铃一路丁零当啷丁零当啷地响，骆驼的大脚蹚起尘土，昂首挺胸目空一切，七八头骆驼不紧不慢招摇过市，行人和车马都给它让路。我望着骆驼来的方向问：“那儿是哪儿？”奶奶说：“再往北就出城啦。”“出城了是哪儿呀？”“是城外。”“城外什么样儿？”“行了，别问啦！”我很想去看看城外，可奶奶领我朝另一个方向走。我说“不，我想去城外”，我说“奶奶我想去城外看看”，我不走了，蹲在地上不起来。奶奶拉起我往前走，我就哭。“带你去个更好玩儿的地方不好吗？那儿有好些小朋友……”我不听，一路哭。

越走越有些荒疏了，房屋零乱，住户也渐渐稀少。沿一道灰色的砖墙走了好一会儿，进了一个大门。啊，大门里豁然开朗完全是另一番景象：大片大片寂静的树林，碎石小路蜿蜒其间。满地的败叶在风中滚动，踩上去吱吱作响。麻雀和灰喜鹊在林中草地上蹦蹦跳跳，坦然觅食。我止住哭声。我平生第一次看见了教堂，细密如烟的树枝后面，夕阳正染红了它的尖顶。

我跟着奶奶进了一座拱门，穿过长廊，走进一间宽大的房子。那儿有很多孩子，他们坐在高大的桌子后面只能露出脸。他们在唱歌。一个穿长袍的大胡子老头儿弹响风琴，琴声飘荡，满屋子里的阳光好像也随之飞扬起来。奶奶拉着我退出去，退到门口。唱歌的孩子里面有我的堂兄，他看见了我们但不走过来，惟努力地唱歌。那样的琴声和歌声我从未听过，宁静又欢欣，一排排古旧的桌椅、沉暗的墙壁、高阔的屋顶也似都活泼起来，与窗外的晴空和树林连成一气。那一刻的感受我终生难忘，仿佛有一股温柔又强劲的风吹透了我的身体，一下子钻进我的心中。后来奶奶常对别人说："琴声一响，这孩子就傻了似的不哭也不闹了。"我多么羡慕我的堂兄，羡慕所有那些孩子，羡慕那一刻的光线与声音，有形与无形。我呆呆地站着，徒然地睁大眼睛，其实不能听也不能看了，有个懵懂的东西第一次被惊动了——那也许就是灵魂吧。后来的事都记不大清了，好像那个大胡子的老头儿走过来摸了摸我的头，然后光线就暗下去，屋子里的孩子都没有了，再后来我和奶奶又走在那片树林里了，还有我的堂兄。堂兄把一个纸袋撕开，掏出一个彩蛋和几颗糖果，说是幼儿园给的圣诞礼物。

这时候，晚祷的钟声敲响了——唔，就是这声音，就是它！这就是我曾听到过的那种缥缥缈缈响在天空里的声音啊！

"它在哪儿呀，奶奶？"

"什么，你说什么？"

"这声音啊，奶奶，这声音我听见过。"

"钟声吗？啊，就在那钟楼的尖顶下面。"

这时我才知道，我一来到世上就听到的那种声音就是这教堂的钟声，就是从那尖顶下发出的。暮色浓重了，钟楼的尖顶上已经没有了阳光。风过树林，带走了麻雀和灰喜鹊的欢叫。钟声沉稳、悠扬、飘飘荡荡，连接起晚霞与初月，扩展到天的深处或地的尽头……

不知奶奶那天为什么要带我到那儿去，以及后来为什么再也没去过。

不知何时，天空中的钟声已经停止，并且在这块土地上长久地消逝了。

多年以后我才知道，那教堂和幼儿园在我们去过之后不久便都拆除。我想，奶奶当年带我到那儿去，必是想在那幼儿园也给我报个名，但未如愿。

再次听见那样的钟声是在四十年以后了。那年，我和妻子坐了八九个小时飞机，到了地球另一面，到了一座美丽的城市，一走进那座城市我就听见了它。在清洁的空气里，在透澈的阳光中和涌动的海浪上面，在安静的小街，在那座城市的所有地方，随时都听见它在自由地飘荡。我和妻子在那钟声中慢慢地走，认真地听它，我好像一下子回到了童年，整个世界都好像回到了童年。对于故乡，我忽然有了新的理解：人的故乡，并不止于一块特定的土地，而是一种辽阔无比的心情，不受空间和时间的限制；这心情一经唤起，就是你已经回到了故乡。

选自《记忆与印象》，北京出版社 2004 年 5 月

从百草园到三味书屋

鲁迅

我家的后面有一个很大的园，相传叫作百草园。现在是早已并屋子一起卖给朱文公的子孙了，连那最末次的相见也已经隔了七八年，其中似乎确凿只有一些野草；但那时却是我的乐园。

不必说碧绿的菜畦，光滑的石井栏，高大的皂荚树，紫红的桑葚；也不必说鸣蝉在树叶里长吟，肥胖的黄蜂伏在菜花上，轻捷的叫天子（云雀）忽然从草间直窜向云霄里去了。单是周围的短短的泥墙根一带，就有无限趣味。油蛉在这里低唱，蟋蟀们在这里弹琴。翻开断砖来，有时会遇见蜈蚣；还有斑蝥，倘若用手指按住它的脊梁，便会拍的一声，从后窍喷出一阵烟雾。何首乌藤和木莲藤缠络着，木莲有莲房一般的果实，何首乌有拥肿的根。有人说，何首乌根是有像人形的，吃了便可以成仙，我于是常常拔它起来，牵连不断地拔起来，也曾因此弄坏了泥墙，却从来没有见过有一块根像人样。如果不怕刺，还可以摘到覆盆子，像小珊瑚珠攒成的小球，又酸又甜，色味都比桑椹要好得远。

长的草里是不去的，因为相传这园里有一条很大的赤练蛇。

长妈妈曾经讲给我一个故事听：先前，有一个读书人住在古庙里用功，晚间，在院子里纳凉的时候，突然听到有人在叫他。答应着，四面看时，却见一个美女的脸露在墙头上，向他一笑，隐去了。他很高兴；但竟给那走来夜谈的老和尚识破了机关。说他脸上有些妖气，一定遇见“美女蛇”了；这是人首蛇身的怪物，能唤人名，倘一答应，夜间便要来吃这人的肉的。他自然吓得要死，而那老和尚却道无妨，给他一个小盒子，说只要放在枕边，便可高枕而卧。他虽然照样办，却总是睡不着，——当然睡不着的。到半夜，果然来了，沙沙沙！门外像是风雨声。他正抖作一团时，却听得豁的一声，一道金光从枕边飞出，外面便什么声音也没有了，那金光也就飞回来，敛在盒子里。后来呢？后来，老和尚说，这是飞蜈蚣，它能吸蛇的脑髓，美女蛇就被它治死了。

结末的教训是：所以倘有陌生的声音叫你的名字，你万不可答应他。

这故事很使我觉得做人之险，夏夜乘凉，往往有些担心，不敢去看墙上，而且极想得到一盒老和尚那样的飞蜈蚣。走到百草园的草丛旁边时，也常常这样想。但直到现在，总还是没有得到，但也没有遇见过赤练蛇和美女蛇。叫我名字的陌生声音自然是常有的，然而都不是美女蛇。

冬天的百草园比较的无味；雪一下，可就两样了。拍雪人（将自己的全形印在雪上）和塑雪罗汉需要人们鉴赏，这是荒园，人迹罕至，所以不相宜，只好来捕鸟。薄薄的雪，是不行的；总须积雪盖了地面一两天，鸟雀们久已无处觅食的时候才好。扫开一块雪，露出地面，用一支短棒支起一面大的竹筛来，下面撒些秕谷，棒上系一条长绳，人远远地牵着，看鸟雀下来啄食，走到竹筛底下的时候，将绳子一拉，便罩住了。但所得的是麻雀居多，也有白颊的“张飞鸟”，性子很躁，养不过夜的。

这是闰土的父亲所传授的方法，我却不大能用。明明见它们进去了，拉了绳，跑去一看，却什么都没有，费了半天力，捉住的不过三四只。闰土的父亲是小半天便能捕获几十只，装在叉袋里叫着撞着的。我曾经问他得失的缘由，他只静静地笑道：你太性急，来不及等它走到中间去。

我不知道为什么家里的人要将我送进书塾里去了，而且还是全城中称为最严厉的书塾。也许是因为拔何首乌毁了泥墙罢，也许是因为将砖头抛到间壁的梁家去了罢，也许是因为站在石井栏上跳了下来罢，……都无从知道。总而言之，我将不能常到百草园了。Ade[①]，我的蟋蟀们！Ade，我的覆盆子们和木莲们！……

出门向东，不上半里，走过一道石桥，便是我的先生[②]的家了。

---

① Ade：德语，意为“再见”。——编者注

② 我的先生：指寿怀鉴，字镜吾，清末秀才。——编者注

从一扇黑油的竹门进去，第三间是书房。中间挂着一块扁道：三味书屋；扁下面是一幅画，画着一只很肥大的梅花鹿伏在古树下。没有孔子牌位，我们便对着那扁和鹿行礼。第一次算是拜孔子，第二次算是拜先生。

第二次行礼时，先生便和蔼地在一旁答礼。他是一个高而瘦的老人，须发都花白了，还戴着大眼镜。我对他很恭敬，因为我早听到，他是本城中极方正，质朴，博学的人。

不知从那里听来的，东方朔也很渊博，他认识一种虫，名曰“怪哉”，冤气所化，用酒一浇，就消释了。我很想详细地知道这故事，但阿长是不知道的，因为她毕竟不渊博。现在得到机会了，可以问先生。

“先生，‘怪哉’这虫，是怎么一回事？……”我上了生书，将要退下来的时候，赶忙问。

“不知道！”他似乎很不高兴，脸上还有怒色了。

我才知道做学生是不应该问这些事的，只要读书，因为他是渊博的宿儒，决不至于不知道，所谓不知道者，乃是不愿意说。年纪比我大的人，往往如此，我遇见过好几回了。

我就只读书，正午习字，晚上对课。先生最初这几天对我很严厉，后来却好起来了，不过给我读的书渐渐加多，对课也渐渐地加上字去，从三言到五言，终于到七言。

三味书屋后面也有一个园，虽然小，但在那里也可以爬上花坛去折蜡梅花，在地上或桂花树上寻蝉蜕。最好的工作是捉了苍蝇喂蚂蚁，静悄悄地没有声音。然而同窗们到园里的太多，太久，可就不行了，先生在书房里便大叫起来：

“人都到那里去了？！”

人们便一个一个陆续走回去；一同回去，也不行的。他有一条戒尺，但是不常用，也有罚跪的规矩，但也不常用，普通总不过瞪几眼，大声道：

“读书！”

于是大家放开喉咙读一阵书，真是人声鼎沸。有念“仁远乎哉我欲仁斯仁至矣”的，有念“笑人齿缺曰狗窦大开”的，有念“上九潜龙勿用”的，有念“厥土下上上错厥贡苞茅橘柚”的……。先生自己也念书。后来，我们的声音便低下去，静下去了，只有他还大声朗读着：

“铁如意，指挥倜傥，一座皆惊呢~~~；金叵罗，颠倒淋漓噫，千杯未醉嗬~~~~……。”

我疑心这是极好的文章，因为读到这里，他总是微笑起来，而且将头仰起，摇着，向后面拗过去，拗过去。

先生读书入神的时候，于我们是很相宜的。有几个便用纸糊的盔甲套在指甲上做戏。我是画画儿，用一种叫作“荆川纸”的，蒙在小说的绣像上一个个描下来，像习字时候的影写一样。读的书多起来，画的画也多起来；书没有读成，画的成绩却不少了，最成片段的是《荡寇志》和《西游记》的绣像，都有一大本。后来，因为要钱用，卖给一个有钱的同窗了。他的父亲是开锡箔店的；听说现在自己已经做了店主，而且快要升到绅士的地位了。这东西早已没有了罢。

原载于1926年10月10日《莽原》半月刊第1卷第19期

我的中学时代

夏丏尊

中学校时代，在年龄上是指十三四岁到十八九岁的一段。我今年四十六岁，我的中学校时代已是三十年以前的事了。那时正是由科举过渡到学校的当儿，学校未兴，私塾是唯一的学校。我自幼也从塾师读经书，学八股，考秀才，后来且考过举人。及科举全废的前两三年，然后改进学校，可是未曾在什么学校里毕过业，未曾得过卒业文凭。

我上代是经商的，父亲却是个秀才。在十岁以前，祖父的事业未倒，家境很不坏，兄弟五人中据说我在八字上可以读书，于是祖父与父亲都期望我将来中举人点翰林，光大门楣，不预备叫我去学生意。在我家坐馆的先生也另眼相看，我所读的功课是和我的兄弟们不同的。他们读毕四书，就读《幼学琼林》和尺牍书类，而我却非读《左传》《诗经》《礼记》等等不可。他们不必做八股文，而我却非做八股文不可。因为我是要预备将来做读书人的。

十六岁那年我考得了秀才，以后不久八股即废，改“以策论取士”。八股在戊戌政变时曾废过，不数月即恢复，至是时乃真废了。这改革使全国的读书人大起恐慌。当时的读书人大都是一味靠八股吃饭的，他们平日朝夕所读的是八股，案头所列的是闱墨或试帖诗，经史向不研究，“时务”更所茫然。我虽八股的积习未深，不曾感到很大的不平，但要从师也无师可从，只是把《大题文府》等类搁起，换些《东来博议》《读通鉴论》《古文观止》之类的东西来读，把白折纸废去，临摹碑帖，再把当时唯一的算术书《笔算数学》买来自修而已。

那时我家里的情况已大不如从前了。最初是祖父的事业失败，不久祖父即去世。父亲是少爷出身，舒服惯了的。兄弟们为家境所迫，都托亲友介绍，提早作商店学徒去了。五间三进的宽大而贫乏的家里，除了母亲和一个嫂子，就剩了父子两个老小秀才。父亲的书箱里，八股文以外有一部《史记》，一部《前汉后书》，一部《韩昌黎集》，一部《唐诗三百首》，一部《通鉴纲目》，一部《文选》，一部《聊斋志异》，一部《红楼梦》，一部《西厢记》，一部《经策通纂》，一部《皇清经解》，还有几种唐人的碑帖与《桐荫论画》等论书画的东西。父子把这些书作长日的消遣，父亲爱写字，种花，整洁居室，室里干净清静得如庵院一般。这样地过了约莫一年。

亲戚中从上海回来的，都来劝读外国书（即现在的所谓进学校）。当时内地无学校，要读外国书只有到上海。据说上海最有名的是梵王渡（即现在的圣约翰大学），如果在那里毕业，包定有饭吃。父母也觉得科举快将全废，长此下去究不是事，于是就叫我到上海去读外国书。当时读外国书的地方并不多，外国人立的只有梵王渡、震旦与中西书院，中国人立的只有南洋公学。我是去读外国书的，当然要进外国人的学校。震旦是读法文的；梵王渡据说程度较高，要读过几年英文才能进去；中西书院（即现在东吴大学的前身）入学比较容易些，我于是就进中西书院。

那时生活程度还很低，可是学费却已并不便宜，中西书院每半年记得要缴费四十八元。家中境况已甚拮据，我的第一次半年的学费还是母亲把首饰变卖了给我的。我与便友同伴到了上海，由大哥送我入中西书院。那时我年十七。

中西书院分为六年（？）毕业，初等科三年，高等科三年，此外还有特科若干年。我当然进初等科，那时功课不限定年级，是依学生的程度定的。英文是甲班的，算学如果有些根底就可入乙班，国文好的可以入丙班。我英文初读，入甲班，最初读的是《华英初阶》；算学乙班，读《笔算数学》；国文，甲班；其余各科也参差不齐，记不清楚了。各种学科中，最被人看不起的是国文，上课与否可以随便，最注重的是英文。时间表很简单，每日上午全读英文，下午第一时板定是算学，其余各科则配搭在数学以后。监院（即校长）是美国人潘慎文，教习有史拜言、谢鸿赉等。同学一百多人，大多数是包车接送的富者之子，间有贫寒子弟，则系基督教徒，受有教会补助，读书不用花钱的。我的同学中很有许多现今知名之士。记得名律师丁榕，经济大家马寅初，都是我的先辈的同学。

中西书院门禁森严，除通学生外，非得保证人来信不能出大门一步，并且星期日不能告假（因为要做礼拜），情形几等于现在的旧式女学校。告假限在星期六下午。我的保证人是我的大哥，他在商店做事，每月只来带我出去一次，有时他自己有事，也就不来领我。我在那里几乎等于笼鸟，尤其是礼拜日，逃不掉做礼拜，觉得很苦。

礼拜真正多极。每日上课前要做礼拜，星期三晚上要做礼拜，星期日早晨要做礼拜，晚上又要做礼拜。每次礼拜有舍监来各房间查察，非去不可。每日早晨的礼拜约需三十分钟，其余的都要费一小时以上，唱赞美歌，祷告，讲经，厌倦非凡。这种麻烦，如果叫现今每周只做一次纪念周犹嫌费事的学生诸君去尝，不知能否忍耐呢。

读了一学期，学费无法继续，于是只好仍旧在家里，用《华英进阶》、《华英字典》（这是中国第一部英文字典，商务出版）、《代数备旨》等书自修。另外再作些策论《四书义》，请邑中的老先生评阅。秋间再去考乡试，举人当然无望，却从临时书肆（当时平日书店很少，一至考试时，试院附近临时书店如林）买了严译《原富》《天演论》等书回来，莫名其妙地翻阅。又因排满之呼声已起，我也向朋友那里借了《新民丛报》等来看，由是对于明末清初的故事与文章很有兴味，《明季稗史》《明夷待访录》《吴梅村集》《虞初新志》等书，都是我所耽读的。

十八岁那年，因了一位朋友的劝告，同到绍兴府学堂（即现在浙江第五中学的前身）入学。在那一二年中，内地学堂已成立了不少。当时办学概依奏定学堂章程，学制很划一。县有县学堂，性质为现在的高小程度，府学堂则相当于现在的中学，省学堂相当于大学预科，京师大学堂即现在的所谓大学了。学堂的成立，并无一定顺序，我们绍属是先有中学，后有小学的。府学堂不收学费，宿费更不须出，饭费只每月二元光景。并且学校由书院改设，书院制尚未全除，月考成绩若优，还有一元乃至几毛钱的“膏火”可得（膏火是书院时代的奖金名称，意思是灯油费）。读书不但可以不花钱，而且弄得好还有零用可获得的。

府学堂的科目记得为伦理、经学、国文、英文、史学、舆地、算学、格致（即现在的理化博物）、体操、测绘（用器画舆地图），功课亦依程度编级，一如中西书院的办法。我因英文已有半年每日三点钟及在家自修的成绩，居然大出风头，被排在程度顶高的一级里，算学与国文的班次也不低。同学之中年龄老大的很多，班级皆低于我，我于是颇受师友的青眼。

国文是一位王先生教的，选读《皇朝经世文编》，作文题是《范文正公为秀才时便以天下为己任》《士先器识而后文艺》之类。经学是徐先生（即刺恩铭的徐锡麟烈士）担任的，他教我们读《公羊传》，上课时大发挥其微言大义。测绘也由这位徐先生担任。体操教师是一位日本人。他不会讲中国话，口令是用日本语的，故于最初就由他教我们几句体操用的日本语，如“立正”“向前”之类。伦理教师最奇特，他姓朱，是绍兴有名的理学家，有长长的须髯，走路踱方步，写字仿朱子。他教我们学“洒扫应对”“居敬存诚”，还教我们舞佾，拿了鸡尾似的劳什子作种种把戏。据他的主张，上课时书应端执在右手，不应挟在腋下；上班退班，都须依照长幼之序“鱼贯而行”，不应作鸟兽散；见先生须作揖，表示敬意。我们虽不以为然，却不去加以攻击，只依老古董相待罢了。

当时青年界激昂慷慨，充满着蓬勃的朝气，似乎都对于中国怀着相当的期待，不像现在的消沉幻灭。庚子事件经过不久，又当日俄战争，风云恶劣，大家都把一切罪恶归诸满人，以为只要把满人推倒，国事就有希望了。《新民丛报》《浙江潮》等杂志大受青年界的欢迎，报纸上的社论也大被注意阅读。那时恋爱尚未成为青年间的问题，出路的关心也不如现在的急切（因为读书人本来不大讲究出路），三四朋友聚谈，动辄就把话题移到革命上去，而所谓革命者，内容就只是排满，并没有现在的复杂。见了留学生从日本回来没有辫子，恨不得也去留学，可以把辫子剪去（当时普通人是不许剪辫子的）。见了花翎颜色顶子的官吏，就暗中憎恶，以为这是奴隶的装束。卢梭、罗兰夫人、马志尼等，都因了《新民丛报》的介绍，在我们的心胸里成了令人神往的理想人物。罗兰夫人的“自由，自由！天下几多罪恶假汝之名以行！”已成了摇笔即来的文章的套语了。

我在这样的空气中过了半年中学生活，第二学期又辍学了。这次辍学并非由于拿不出学费，乃是为了要代替父亲坐馆。父亲在一年来已在家授徒了，一则因邻近有许多小孩子要请人教书；二则父亲嫌家里房屋太大，住了太寂寞，于是在家里设起书塾来。来读的是几个族里与邻家的小孩。中途忽然有一位朋友要找父亲去替他帮忙，为了友谊与家计，都非去不可。书馆是不能中途解散的，家里又无男子，很不放心，于是就叫我辍学代庖。功课当然是我所教得来的。学生不多，时间很有余暇，于是一壁教书，一壁仍行自修。家里人颇思叫我永继父职，就长此教书下去。本乡小学校新立，也邀我去充教习，但我总觉得于心不甘。

恰好有一个亲戚的长辈从日本留学法政回来，说日本如何如何地好，求学如何如何地便利。我对于日本留学梦想已久了，听了他的话，心乃愈动。父母并不大反对，只是经费无着，乃遍访亲友借贷，很费力地集了五百元，冒险赴日。

当时赴日留学成为一种风气。东京有一个宏文学院，就是专为中国留学生办的，普通科二年毕业，除教日语外，兼教中学课程。凡想进专门以上的学校的，大概都在那里预备。我因学费不足两年的用度，乃于最初数月请一日本人专教日文，中途插入宏文学院普通科去。总算我的自修有效，英算各科居然尚能衔接赶上。在那里将毕业的前二三月，东京高等工业学校招考了，我不待毕业就去跨考，结果幸而被录取。当时规定，入了官立专门学校就有官费的，而浙江因人多不能照办。我入高工后快将一年，就领不到官费，家中已为我负债不少，结果乃又不得不中途辍学回国，谋职糊口。我的中学时代就此结束了，那年我二十一岁。

总计我的中学时代，经过许多的周折，东补西凑，断续不成片段。我为了修得区区的中学课程，曾经过不少磨难，空费过长期的光阴。这种困苦的经验，当时不但我个人有过，实可谓是一般的情形。现在的中学生在这点上真足羡艳，真是幸福。

原载于1931年6月《中学生》第16号

我的童年（节选）

朱湘

三　作小说

这还是十一二岁时候的事情。

那时候，在高小，上课完了以后，除去从事于幼年时代的各种娱乐以外，便是乱看些书。在这些书里，最喜欢的便是侠义小说。记得和一个同班曾经有过一种合作一部《彭公案》式的侠义小说的计划；虽说彼此很兴奋的互相磋商了许多次，到底是因为计划太大了，没有写……在那个时候，我们两个都是不出十四岁的少年。

除了旧小说以外，孙毓修所节编的《童话》也看得上劲。一定就是在这些故事的影响之下，我写成了我的第一篇小说创作。如今隔了有十七年左右，那篇，不单是详细的内容，就是连题目，我都记不清楚了。仿佛是说的一只鹦鹉在一个人家里面的所见所闻。

以后，也曾经想作过《桃花源记》式的文章，可是屡次都没有写成。

在新文学运动的这十几年之内，小说虽是看得很多，也翻译了一些短篇，不过这方面的创作却是一篇也没有。

据我看来，作小说的人是必得个性活动的，而我的个性恰巧是执滞，一点也不活动。

一定就是为了这个缘故，我在编剧、演剧两方面也失败了。

在十二三岁的时候，和两个同班私下里演剧；准备，化装，排演，真是十分热闹——其实，那与其说是演剧，还不如说是好玩。

在这一次的排演里面，我还记得，我是扮的一个女子。七年以后，学校里面正式的演剧，我由一个女子而改扮一个老太婆了！

扮演老太婆的那次，我是一个失败的。一上了剧台，身子好像是一根木棍；面部好像是一个面具；背熟了的剧词，在许多时刻，整段的不告而别。居然有一个先生，他说我的老太婆的台步走得还像，也不知道他是安慰我，还是确有其事；因为，我的行步的姿态向来是极不优美的，身材不高而脚步却跨得很远，走路之时，是匆忙得很——我仿佛是对于四肢并没有多少筋节的控制力那样。至于我的两条臂膀，在走路的时候，甩出去很远，那更是同学之间的一种谈笑资料。

有时候，我勉强还可以演说，不料演剧的时候，居然是一塌糊涂到那种田地。这或者与我所以有时候可以写些短篇小说性质的小品文而却作不了短篇小说，是根源于同一种性格上的缺陷。

周启明所译的《点滴》，里面有一些散文诗性质的短篇小说；

那一种的短篇小说，我看，或许便是像我这样性格的作诗的人所唯一的能作得了的。

四　读书

我是六岁启蒙的；家里请的老师；第一部书是读的《龙文鞭影》。只记得这是一部四字一句的韵文史事书籍——关于它，我现在已经不记得其他的内容了。

书房在花园里；花园的那边是客厅。书房前面的院子里，有一个亭子。

老师大概是一个举人。我还记得，他在夏天里，是穿着一件细竹管编成的汗褂。

背不出书来，打手心的事情，大概是有——不过现在我是已经忘记了。只记得，有一次，那是读完了《龙文鞭影》以后，读《诗经》的当口，我不知道是那一页书，再也背不出来，老师罚我，非得要背出来，才放我下学。只剩下我一个人，在书房里面；听见自己的声音，更加伤心，淌眼泪。大概是到底也没有背得出来，有家里大人讨保放我下学了。

十几年以后，我每逢想起《诗经》这一部书的时候，总是在心头逗引起了一种凄凉的情调，想必便是为了这个缘故。

八九岁，读完了四书，以及《左传》的一小部分。就是在这个时候，学着作文了。

这是在离家有几里远的一个书馆里的事情。有一次，只剩下我一个人在馆里，心里忽然涌起了寂寞，孤单的恐惧，忙着独自沿了路途，向家里走去……这里是土地庙与庙前的一棵大树与树下的茶摊，这里是路旁的一条小河，这里是我家里田亩旁的山坡，终于，在家里前院的场地上，看见了有庄丁在那里打谷，这时候，我的心便放下了，舒畅了。

我的蒙馆生活是在十岁左右终止的。

十一岁时候，考取了高小一年级。这以后的十年，便是我的学校生活的期间，在小学，在大学期间，都曾经停过学。在一个工业学校的预科里面读过一年书。在青年会里读过英文。

说起来很有趣味：我后来又有机会看到我在工业学校里所作的一篇《言志》课卷，那里面说，将来学业完成了，除去从事于职业以外，闲暇的时候，要作一点诗，读一些诗文——这诗，不用说，是旧诗的意思；这诗文，不用说，也是旧诗文的意思。

在工业学校里，教国文的先生是豪放一派的；他喜欢喝酒，有一个酒糟鼻子，魏禧的《大铁椎传》是他所特别赞颂的一篇文章。

后来，我又有过一个国文先生，有“老虎”之称；不过他谨饬些。便是在他的课堂上，在自由交卷的时候，我学着作新诗。虽说他是一个旧学者，眼光倒还算是开明的，对于我的新诗课卷，并不拒绝。

听说他，像教我四书、《左传》的那个书馆先生那样，结局很是潦倒。

我读书，是决不能按部就班的。课本，无论先生是多么好，我对于它们总不能感觉到一种特殊的兴趣，便是那种我自己读我自己所选读的书籍，那时候所感觉到的兴趣。

大概，书的种类虽然是数不尽的多，不过，简单的说来，它们却只有两个。它们便是，不得不读的，以及自己爱读的书籍。由报纸一直到学校内的课本，就是不得不读的书籍。至于自己爱读的书籍，那就要看“自己”是谁了。譬如，我是一个作文、教书的人，我自己所爱读的书，要是与一个工程师所爱读的来对照，恐怕是会大不相同的。不过，普天下的大我，它却是有一种书籍决无不爱读之理的；那一种便是小说。

我也是一个人，当然逃不出这定例。十二岁到十四岁，爱读侠义小说。十五岁左右，爱读侦探小说。二十岁左右，爱读爱情小说。

侠义小说的嗜好一直延续到十几年以后，英国的司各德[①]，苏格兰的史蒂文生[②]，波兰的显克微支[③]，他们的侠义小说，我为了慕

---

① 司各德：今译作“司各特”，英国历史小说家和诗人，著有《艾凡赫》《肯纳尔沃斯堡》等。——编者注

② 史蒂文生：今译作“斯蒂文森”，苏格兰诗人、小说家，著有《金银岛》《化身博士》等。——编者注

③ 显克微支：今译作“显克维奇”，波兰19世纪批判现实主义作家，著有《火与剑》《洪流》等。——编者注

名、机缘等的缘故，曾经看了不少；实在是爱不忍释。

司各德各书，据我所看过的说来，它们足以使我越看越爱的地方，便是一种古远的氛围气，以及一种家庭之乐。“家庭之乐”这个词语，用来形容这些小说之内的那一种情调，骤看来或许要嫌不妥当，不过，仔细一想，我却觉得它要算是我所能找到的唯一的妥当的摹状之词了。这一种家庭之乐的情调，并不须在大团圆的时候，我简直可以独断的说，是由开卷的第一字起，便已经洋溢于纸上了。或许，作者所以能永远留念于世人的心上的缘故，便在于他能够把这种乐居的情调与那种古远的氛围气有机的融合在一起。

史蒂文生的各部小说之内，我最爱读的一部是 *The Master of Ballantrae*[①]。这篇长篇小说，与作者的一篇中篇小说，*Dr. Jekyll and Mr. Hyde*[②] 以及一篇短篇小说《马克汉》，在精神上，似乎有孪生的关系。这三篇文章，我臆断的看来，或许便是作者对于他在一生之内所最感到兴趣的那个问题的一个叙述与分析。

显克微支的人物创造，Zagloba[③] 与莎士比亚的 Falstaff[④] 同属

---

① *The Master of Ballantrae*：《巴伦特雷的少爷》。——编者注

② *Dr. Jekyll and Mr. Hyde*：《化身博士》。——编者注

③ Zagloba：显克维奇的长篇历史小说《火与剑》中的人物，译作“扎格沃巴”。——编者注

④ Falstaff：莎士比亚的历史剧《亨利四世》中的人物，译作“福斯塔夫”。——编者注

于一个人物类型，而并不雷同。

上举的各种侠义小说，有些可以叫作历史小说、心理小说，以及其他的名字；各书之内，除去侠义之部分以外，还有言情，社会描写等等成分。这实在是一切小说的常例。因为小说，与生活相似，是复杂的。小说之能引起共同的爱好，其故亦即在此。

侦探小说，我除去柯南·道尔的各部著作以外，看得不多。至于他的各部侦探小说，中译本我是差不多全看完了，在十五岁的时候，原文本我也看过一些，在二十五岁的时候。年龄的增加并不曾减退过我对于它们的爱好。

至于言情小说，我只说一部本国的，《红楼梦》。这部小说，坦白的说来，影响于人民思想，不差似四书、五经。胡适之关于本书的考证，只就我个人来说，并不曾减少了我对于本书的嗜好；潜意识的，我个人还有点嫌他是多事。这是十年前，我在看亚东图书馆本的《红楼梦》那时候所发生的感想。至于这十年以来，整年的忙着授课，教书，谋生，并不曾再看过这部小说。我看我将来也不会教到“中国小说”这种课程，所以，我只有把十年前的那点感想坦白的说出来；至于本书的评价，那自然有在这一方面专门研究的人可以发言。

杜甫的诗我是爱读的。不过，正式的说来，他的诗我只读过四次；并且，每次，我都不曾读完。第一次是由《唐诗别裁集》里读的一个选辑；第二次是读了，熟诵了全集的很少一部分；第三次是上“杜诗”课；第四次是看了全集的一大半。十五岁以后，喜欢杜诗的音调；二十岁左右，揣摩杜诗的描写；三十岁的时候，深刻的受感于杜的情调。我买书虽是买得不多，十年以来，合计也在一千元以上，比上虽是差得不可以道里计，比下却总是有余。说起来可以令人惊讶，便是，杜诗我只买过石印一部，要是照了如今我对于杜诗的爱好说来，一买书，我必定会先把习见的各种杜诗版本一起买到。

只要是诗，无论是直行的还是横行的，只要是直抒情臆的诗，无论作得好与不好，我都爱。爱诗并不一定要整天的读诗。从前，在十八岁到二十岁的时候，曾经有过几个时期，我发过呆气，要除去诗歌以外，不读其他的书籍；现在回想起来，倒觉得有趣——不过，或许，我现在之所以能写成一点诗，我的诗歌培养便是完成于那几个时期之内。我是一个爱读诗，爱作诗的人，而在我所购置的已经是少量的一些书籍之内，诗集居然是更少；这个，说给那些还喜欢我的新诗而并不与我熟识的读者听来，他们一定是会诧异的。

我曾经作过一首题名《荷马》的十四行，算是自己所喜欢的一些自作之一……其实，这个希腊诗人的两部巨著，我只是潦草的看过，并不曾仔细的研究一番。在我写那首诗的时候，并不曾有原文的节奏、音调澎湃在我耳旁，我的心目之前只有 *Elson Grammer School Reader* 里面的这两篇史诗的节略。这个，说出来了，一定会教读者失笑的，如其他是一个一般的读者；或是教他看不起，如其他是一个学者。

我是一个极好读选本的人。选本我可读了又读，一点也不疲倦，至于全集，我虽说在各方面也都看过一些，不过，大半，我只是匆促的看过一遍，就不看第二遍了。杜甫与莎士比亚是例外。这两个诗人，读上了味道，真是百读不厌；从前，现在的无穷数的读者所说的话，我到现在已经恳切的感觉到，并非人云亦云的一种慕名语，我并且自己欣幸，我现在已经达到了一个可以真诚的，深切的欣赏他们的诗歌的时期。他们的确是情性之正声。

说到不得不读的书籍，我是一个度过了二十年学校生活的人，当然，它们是课本了。在学生时期之内，我对于课本，无论是必修科还是选修科，是很不喜欢读的。现在回想起来，教育与生活一样，也是一种人为的磨炼……我当初既是不能适应学校的环境，自然而然的，到了现在，我也便不能适应社会的环境了。

我真是一个畸零的人，既不曾作成一个书呆子，又不能作为一个懂世故的人。

选自《中书集》，生活书店 1934 年 10 月

冬　天

朱自清

说起冬天，忽然想到豆腐。是一“小洋锅”（铝锅）白煮豆腐，热腾腾的。水滚着，像好些鱼眼睛，一小块一小块豆腐养在里面，嫩而滑，仿佛反穿的白狐大衣。锅在“洋炉子”（煤油不打气炉）上，和炉子都熏得乌黑乌黑，越显出豆腐的白。这是晚上，屋子老了，虽点着“洋灯”，也还是阴暗。围着桌子坐的是父亲跟我们哥儿三个。“洋炉子”太高了，父亲得常常站起来，微微地仰着脸，觑着眼睛，从氤氲的热气里伸进筷子，夹起豆腐，一一地放在我们的酱油碟里。我们有时也自己动手，但炉子实在太高了，总还是坐享其成的多。这并不是吃饭，只是玩儿。父亲说晚上冷，吃了大家暖和些。我们都喜欢这种白水豆腐；一上桌就眼巴巴望着那锅，等着那热气，等着热气里从父亲筷子上掉下来的豆腐。

又是冬天，记得是阴历十一月十六晚上，跟S君P君在西湖里坐小划子。S君刚到杭州教书，事先来信说：“我们要游西湖，不管它是冬天。”那晚月色真好，想起来还像照在身上。本来前一晚是“月当头”；也许十一月的月亮真有些特别吧。那时九点多了，湖上似乎只有我们一只划子。有点风，月光照着软软的水波；当间那一溜儿反光，像新研的银子。湖上的山只剩了淡淡的影子。山下偶尔有一两星灯火。S君口占两句诗道：“数星灯火认渔村，淡墨轻描远黛痕。”我们都不大说话，只有均匀的桨声。我渐渐地快睡着了。P君“喂”了一下，才抬起眼皮，看见他在微笑。船夫问要不要上净寺去；是阿弥陀佛生日，那边蛮热闹的。到了寺里，殿上灯烛辉煌，满是佛婆念佛的声音，好像醒了一场梦。这已是十多年前的事了，S君还常常通着信，P君听说转变了好几次，前年是在一个特税局里收特税了，以后便没有消息。

在台州过了一个冬天，一家四口子。台州是个山城，可以说在一个大谷里。只有一条二里长的大街。别的路上白天简直不大见人；晚上一片漆黑。偶尔人家窗户里透出一点灯光，还有走路的拿着的火把；但那是少极了。我们住在山脚下。有的是山上松林里的风声，跟天上一只两只的鸟影。夏末到那里，春初便走，却好像老在过着冬天似的；可是即便真冬天也并不冷。我们住在楼上，书房临着大路；路上有人说话，可以清清楚楚地听见。但因为走路的人太少了，间或有点说话的声音，听起来还只当远风送来的，想不到就在窗外。我们是外路人，除上学校去之外，常只在家里坐着。妻也惯了那寂寞，只和我们爷儿们守着。外边虽老是冬天，家里却老是春天。有一回我上街去，回来的时候，楼下厨房的大方窗开着，并排地挨着他们母子三个；三张脸都带着天真微笑地向着我。似乎台州空空的，只有我们四人；天地空空的，也只有我们四人。那时是民国十年[①]，妻刚从家里出来，满自在。她死了快四年了，我却还老记着她那微笑的影子。

无论怎么冷，大风大雪，想到这些，我心上总是温暖的。

原载于1933年12月1日《中学生》第40号

① 民国十年：即1921年。——编者注

忆儿时

丰子恺

一

我回忆儿时，有三件不能忘却的事。

第一件是养蚕。那是我五六岁时，我祖母在日的事。我祖母是一个豪爽而善于享乐的人，良辰佳节不肯轻轻放过，养蚕也每年大规模地举行。其实，我长大后才晓得，祖母的养蚕并非专为图利，叶贵的年头常要蚀本，然而她喜欢这暮春的点缀，故每年大规模地举行。我所喜欢的，最初是蚕落地铺。那时我们的三开间的厅上、地上统是蚕，架着经纬的跳板，以便通行及饲叶。蒋五伯挑了担到地里去采叶，我与诸姊跟了去，去吃桑葚。蚕落地铺的时候，桑葚已很紫而甜了，比杨梅好吃得多。我们吃饱之后，又用一张大叶做一只碗，采了一碗桑葚，跟了蒋五伯回来。蒋五伯饲蚕，我就以走跳板为戏乐，常常失足翻落地铺里，压死许多蚕宝宝，祖母忙喊蒋五伯抱我起来，不许我再走。然而这满屋的跳板，像棋盘街一样，又很低，走起来一点也不怕，真是有趣。这真是一年一度的难得的乐事！所以虽然祖母禁止，我总是每天要去走。

蚕上山之后，全家静默守护，那时不许小孩子们噪了，我暂时感到沉闷。然而过了几天，采茧，做丝，热闹的空气又浓起来了。我们每年照例请牛桥头七娘娘来做丝。蒋五伯每天买枇杷和软糕来给采茧、做丝、烧火的人吃。大家认为现在是辛苦而有希望的时候，应该享受这点心，都不客气地取食。我也无功受禄地天天吃多量的枇杷与软糕，这又是乐事。

七娘娘做丝休息的时候，捧了水烟筒，伸出她左手上的短少半段的小指给我看，对我说：做丝的时候，丝车后面，是万万不可走近去的。她的小指，便是小时候不留心被丝车轴棒轧脱的。她又说："小团团不可走近丝车后面去，只管坐在我身旁，吃枇杷，吃软糕。还有做丝做出来的蚕蛹，叫妈妈油炒一炒，真好吃哩！"然而我始终不要吃蚕蛹，大概是我爸爸和诸姊不要吃的原故。我所乐的，只是那时候家里的非常的空气。日常固定不动的堂窗、长台、八仙椅子，都收拾去，而变成不常见的丝车、匾、缸。又不断地公然地可以吃小食。

丝做好后，蒋五伯口中唱着"要吃枇杷，来年蚕罢"，收拾丝车，恢复一切陈设。我感到一种兴尽的寂寥。然而对于这种变换，倒也觉得新奇而有趣。

现在我回忆这儿时的事，常常使我神往！祖母、蒋五伯、七娘娘和诸姊，都像童话里的人物了。且在我看来，他们当时这剧的主人公便是我。何等甜美的回忆！只是这剧的题材，现在我仔细想想觉得不好：养蚕做丝，在生计上原是幸福的，然其本身是数万的生灵的杀虐！《西青散记》里面有两句仙人的诗句："自织藕丝衫子嫩，可怜辛苦赦春蚕。"安得人间也发明织藕丝的丝车，而尽赦天下的春蚕的性命！

我七岁上祖母死了，我家不复养蚕。不久父亲与诸姊弟相继死亡，家道衰落了，我的幸福的儿时也过去了。因此这回忆一面使我永远神往，一面又使我永远忏悔。

二

第二件不能忘却的事，是父亲的中秋赏月，而赏月之乐的中心，在于吃蟹。

我的父亲中了举人之后，科举就废，他无事在家，每天吃酒，看书。他不要吃羊、牛、猪肉，而喜欢吃鱼、虾之类。而对于蟹，尤其喜欢。自七八月起直到冬天，父亲平日的晚酌规定吃一只蟹，一碗隔壁豆腐店里买来的开锅热豆腐干。他的晚酌，时间总在黄昏。八仙桌上一盏洋油灯，一把紫砂酒壶，一只盛热豆腐干的碎瓷盖碗，一把水烟筒，一本书，桌子角上一只端坐的老猫，我脑中这印象非常深刻，到现在还可以清楚地浮现出来。我在旁边看，有时他给我一只蟹脚或半块豆腐干。然我喜欢蟹脚。蟹的味道真好，我们五个姊妹兄弟，都欢喜吃，也是为了父亲喜欢吃的原故。只有母亲与我们相反，喜欢吃肉，而不喜欢又不会吃蟹，吃的时候常常被蟹螯上刺刺开手指，出血；而且抉剔得很不干净，父亲常常说她是外行。父亲说：吃蟹是风雅的事，吃法也要内行才懂得。先折蟹脚，后开蟹斗……脚上的拳头（即关节）里的肉怎样可以吃干净，脐里的肉怎样可以剔出……脚爪可以当作剔肉的针……蟹螯上的骨头可以拼成一只很好看的蝴蝶……父亲吃蟹真是内行，吃得非常干净。所以陈妈妈说："老爷吃下来的蟹壳，真是蟹壳。"

蟹的储藏所，就在天井角落里的缸里，经常总养着十来只。到了七夕、七月半、中秋、重阳等节候上，缸里的蟹就满了，那时我们都有得吃，而且每人得吃一大只，或一只半。尤其是中秋一天，兴致更浓。在深黄昏，移桌子到隔壁的白场[①]上的月光下面去吃。更深人静，明月底下只有我们一家的人，恰好围成一桌，此外只有一个供差使的红英坐在旁边。大家谈笑，看月亮，他们——父亲和诸姊——直到月落时光，我则半途睡去，与父亲和诸姊不分而散。

这原是为了父亲嗜蟹，以吃蟹为中心而举行的。故这种夜宴，不仅限于中秋，有蟹的季节里的月夜，无端也要举行数次。不过不是良辰佳节，我们少吃一点，有时两人分吃一只。我们都学父亲，

① 白场：作者家乡话，意为"场地"。——编者注

剥得很精细，剥出来的肉不是立刻吃的，都积受在蟹斗里，剥完之后，放一点姜醋，拌一拌，就作为下饭的菜，此外没有别的菜了。因为父亲吃菜是很省的，而且他说蟹是至味，吃蟹时混吃别的菜肴，是乏味的。我们也学他，半蟹斗的蟹肉，过两碗饭还有余，就可得父亲的称赞，又可以白口吃下余多的蟹肉，所以大家都勉力节省。现在回想那时候，半条蟹腿肉要过两大口饭，这滋味真好！自父亲死了以后，我不曾再尝这种好滋味。现在，我已经自己做父亲，况且已经茹素，当然永远不会再尝这滋味了。唉！儿时欢乐，何等使我神往！

然而这一剧的题材，仍是生灵的杀虐！因此这回忆一面使我永远神往，一面又使我永远忏悔。

三

第三件不能忘却的事，是与隔壁豆腐店里的王团团的交游，而这交游的中心，在于钓鱼。

那是我十二三岁时的事。隔壁豆腐店里的王团团是当时我的小伴侣中的大阿哥。他是独子，他的母亲、祖母和大伯，都很疼爱他，给他很多的钱和玩具，而且每天放任他在外游玩。他家与我家贴邻而居。我家的人们每天赴市，必须经过他家的豆腐店的门口，两家的人们朝夕相见，互相来往。小孩们也朝夕相见，互相来往。此外他家对于我家似乎还有一种邻人以上的深切的交谊，故他家的人对于我特别要好，他的祖母常常拿自产的豆腐干、豆腐衣等来送给我父亲下酒。同时在小伴侣中，王团团也特别和我要好。他的年纪比我大，气力比我好，生活比我丰富，我们一道游玩的时候，他时时引导我，照顾我，犹似长兄对于幼弟。我们有时就在我家的染坊店里的榻上玩耍，有时相偕出游。他的祖母每次看见我俩一同玩耍，必叮嘱团团好好看待我，勿要相骂。我听人说，他家似乎曾经患难，而我父亲曾经帮他们忙，所以他家大人们吩咐王团团照应我。

我起初不会钓鱼，是王团团教我的。他叫大伯买两副钓竿，一副送我，一副他自己用。他到米桶里去捉许多米虫，浸在盛水的罐头里，领了我到木场桥头去钓鱼。他教给我看，先捉起一个米虫来，把钓钩从虫尾穿进，直穿到头部。然后放下水去。他又说："浮珠一动，你要立刻拉，那么钩子钩住鱼的颚，鱼就逃不脱。"我照他所教的试验，果然第一天钓了十几头白条，然而都是他帮我拉钓竿的。

第二天，他手里拿了半罐头扑杀的苍蝇，又来约我去钓鱼。途中他对我说："不一定是米虫，用苍蝇钓鱼更好。鱼喜欢吃苍蝇！"这一天我们钓了一小桶各种的鱼。回家的时候，他把鱼桶送到我家里，说他不要。我母亲就叫红英去煎一煎，给我下晚饭。

自此以后，我只管欢喜钓鱼。不一定要王团团陪去，自己一人也去钓，又学得了掘蚯蚓来钓鱼的方法。而且钓来的鱼，不仅够自己下晚饭，还可送给店里的人吃，或给猫吃，我记得这时候我的热心钓鱼，不仅出于游戏欲，又有几分功利的兴味在内。有三四个夏季，我热心于钓鱼，给母亲省了不少的菜蔬钱。

后来我长大了，赴他乡入学，不复有钓鱼的工夫。但在书中常常读到赞咏钓鱼的文句，例如什么“独钓寒江雪”，什么“渔樵度此身”，才知道钓鱼原来是很风雅的事。后来又晓得有所谓“游钓之地”的美名称，是形容人的故乡的。我大受其煽惑，为之大发牢骚：我想“钓鱼确是雅的，我的故乡，确是我的游钓之地，确是可怀的故乡”。但是现在想想，不幸而这题材也是生灵的杀虐！

我的黄金时代很短，可怀念的又只有这三件事。不幸而都是杀生取乐，都使我永远忏悔。

选自《缘缘堂随笔》，人民文学出版社 1957 年 11 月

第二章

有一种情与生俱来

我的母亲

老舍

母亲的娘家是北平德胜门外，土城儿外边，通大钟寺的大路上的一个小村里。村里一共有四五家人家，都姓马。大家都种点不十分肥美的地，但是与我同辈的兄弟们，也有当兵的，作木匠的，作泥水匠的，和当巡察的。他们虽然是农家，却养不起牛马，人手不够的时候，妇女便也须下地作活。

对于姥姥家，我只知道上述的一点。外公外婆是什么样子，我就不知道了，因为他们早已去世。至于更远的族系与家史，就更不晓得了；穷人只能顾眼前的衣食，没有工夫谈论什么过去的光荣；“家谱”这字眼，我在幼年就根本没有听说过。

母亲生在农家，所以勤俭诚实，身体也好。这一点事实却极重要，因为假若我没有这样的一位母亲，我以为我恐怕也就要大大的打个折扣了。

母亲出嫁大概是很早，因为我的大姐现在已是六十多岁的老太婆，而我的大外甥女还长我一岁啊。我有三个哥哥，四个姐姐，但能长大成人的，只有大姐，二姐，三姐，三哥与我。我是“老”儿子。生我的时候，母亲已有四十一岁，大姐二姐已都出了阁。

由大姐与二姐所嫁入的家庭来推断，在我生下之前，我的家里，大概还马马虎虎的过得去。那时候定婚讲究门当户对，而大姐丈是作小官的，二姐丈也开过一间酒馆，他们都是相当体面的人。

可是，我，我给家庭带来了不幸：我生下来，母亲晕过去半夜，才睁眼看见她的老儿子——感谢大姐，把我揣在怀中，致未冻死。

一岁半，我把父亲“克”死了。

兄不到十岁，三姐十二三岁，我才一岁半，全仗母亲独力抚养了。父亲的寡姐跟我们一块儿住，她吸鸦片，她喜摸纸牌，她的脾气极坏。为我们的衣食，母亲要给人家洗衣服，缝补或裁缝衣裳。在我的记忆中，她的手终年是鲜红微肿的。白天，她洗衣服，洗一两大绿瓦盆。她作事永远丝毫也不敷衍，就是屠户们送来的黑如铁的布袜，她也给洗得雪白。晚间，她与三姐抱着一盏油灯，还要缝补衣服，一直到半夜。她终年没有休息，可是在忙碌中她还把院子屋中收拾得清清爽爽。桌椅都是旧的，柜门的铜活久已残缺不全，可是她的手老使破桌面上没有尘土，残破的铜活发着光。院中，父亲遗留下的几盆石榴与夹竹桃，永远会得到应有的浇灌与爱护，年年夏天开许多花。

哥哥似乎没有同我玩耍过。有时候，他去读书；有时候，他去学徒；有时候，他也去卖花生或樱桃之类的小东西。母亲含着泪把他送走，不到两天，又含着泪接他回来。我不明白这都是什么事，而只觉得与他很生疏。与母亲相依为命的是我与三姐。因此，她们作事，我老在后面跟着。她们浇花，我也张罗着取水；她们扫地，我就撮土……从这里，我学得了爱花，爱清洁，守秩序。这些习惯至今还被我保存着。

有客人来，无论手中怎么窘，母亲也要设法弄一点东西去款待。舅父与表哥们往往是自己掏钱买酒肉食，这使她脸上羞得飞红，可是殷勤的给他们温酒作面，又给她一些喜悦。遇上亲友家中有喜丧事，母亲必把大褂洗得干干净净，亲自去贺吊——份礼也许只是两吊小钱。到如今如我的好客的习性，还未全改，尽管生活是这么清苦，因为自幼儿看惯了的事情是不易改掉的。

姑母常闹脾气。她单在鸡蛋里找骨头。她是我家中的阎王。直到我入了中学，她才死去，我可是没有看见母亲反抗过。“没受过婆婆的气，还不受大姑子的吗？命当如此！”母亲在非解释一下不足以平服别人的时候，才这样说。是的，命当如此。母亲活到老，穷到老，辛苦到老，全是命当如此。她最会吃亏。给亲友邻居帮忙，她总跑在前面：她会给婴儿洗三——穷朋友们可以因此少花一笔“请姥姥”钱——她会刮痧，她会给孩子们剃头，她会给少妇们绞脸……凡是她能作的，都有求必应。但是吵嘴打架，永远没有她。她宁吃亏，不逗气。当姑母死去的时候，母亲似乎把一世的委屈都哭了出来，一直哭到坟地。不知道哪里来的一位侄子，声称有承继权，母亲便一声不响，教他搬走那些破桌子烂板凳，而且把姑母养的一只肥母鸡也送给他。

可是，母亲并不软弱。父亲死在庚子闹“拳”的那一年。联军入城，挨家搜索财物鸡鸭，我们被搜两次。母亲拉着哥哥与三姐坐在墙根，等着“鬼子”进门，街门是开着的。“鬼子”进门，一刺刀先把老黄狗刺死，而后入室搜索。他们走后，母亲把破衣箱搬起，才发现了我。假若箱子不空，我早就被压死了。皇上跑了，丈夫死了，鬼子来了，满城是血光火焰，可是母亲不怕，她要在刺刀下，饥荒中，保护着儿女。北平有多少变乱啊，有时候兵变了，街市整条的烧起，火团落在我们院中。有时候内战了，城门紧闭，铺店关门，昼夜响着枪炮。这惊恐，这紧张，再加上一家饮食的筹划，儿女安全的顾虑，岂是一个软弱的老寡妇所能受得起的？可是，在这种时候，母亲的心横起来，她不慌不哭，要从无办法中想出办法来。她的泪会往心中落！这点软而硬的个性，也传给了我。我对一切人与事，都取和平的态度，把吃亏看作当然的。但是，在作人上，我有一定的宗旨与基本的法则，什么事都可将就，而不能超过自己划好的界限。我怕见生人，怕办杂事，怕出头露面；但是到了非我去不可的时候，我便不得不去，正像我的母亲。从私塾到小学，到中学，我经历过起码有廿位教师吧，其中有给我很大影响的，也有毫无影响的，但是我的真正的教师，把性格传给我的，是我的母亲。母亲并不识字，她给我的是生命的教育。

当我在小学毕了业的时候，亲友一致的愿意我去学手艺，好帮助母亲。我晓得我应当去找饭吃，以减轻母亲的勤劳困苦。可是，我也愿意升学。我偷偷的考入了师范学校——制服，饭食，书籍，宿处，都由学校供给。只有这样，我才敢对母亲提升学的话。入学，要交十元的保证金。这是一笔巨款！母亲作了半个月的难，把这巨款筹到，而后含泪把我送出门去。她不辞劳苦，只要儿子有出息。当我由师范毕业，而被派为小学校校长，母亲与我都一夜不曾合眼。我只说了句："以后，您可以歇一歇了！"她的回答只有一串串的眼泪。我入学之后，三姐结了婚。母亲对儿女是都一样疼爱的，但是假若她也有点偏爱的话，她应当偏爱三姐，因为自父亲死后，家中一切的事情都是母亲和三姐共同撑持的。三姐是母亲的右手。但是母亲知道这右手必须割去，她不能为自己的便利而耽误了女儿的青春。当花轿来到我们的破门外的时候，母亲的手就和冰一样的凉，脸上没有血色——那是阴历四月，天气很暖。大家都怕她晕过去。可是，她挣扎着，咬着嘴唇，手扶着门框，看花轿徐徐的走去。不久，姑母死了。三姐已出嫁，哥哥不在家，我又住学校，家中只剩母亲自己。她还须自晓至晚的操作，可是终日没人和她说一句话。新年到了，正赶上政府倡用阳历，不许过旧年。除夕，我请了两小时的假，由拥挤不堪的街市回到清炉冷灶的家中。母亲笑了。及至听说我还须回校，她愣住了。半天，她才叹出一口气来。到我该走的时候，她递给我一些花生，"去吧，小子！"街上是那么热闹，我却什么也没看见，泪遮迷了我的眼。今天，泪又遮住了我的眼，又想起当日孤独的过那凄惨的除夕的慈母。可是慈母不会再候盼着我了，她已入了土！

儿女的生命是不依顺着父母所设下的轨道一直前进的，所以老人总免不了伤心。我廿三岁，母亲要我结了婚，我不要。我请来三姐给我说情，老母含泪点了头。我爱母亲，但是我给了她最大的打击。时代使我成为逆子。廿七岁，我上了英国。为了自己，我给六十多岁的老母以第二次打击。在她七十大寿的那一天，我还远在异域。那天，据姐姐们后来告诉我，老太太只喝了两口酒，很早的便睡下。她想念她的幼子，而不便说出来。

七七抗战后，我由济南逃出来。北平又像庚子那年似的被鬼子占据了，可是母亲日夜惦念的幼子却跑西南来。母亲怎样想念我，我可以想象得到，可是我不能回去。每逢接到家信，我总不敢马上拆看，我怕，怕，怕，怕有那不祥的消息。人，即使活到八九十岁，有母亲便可以多少还有点孩子气。失了慈母便像花插在瓶子里，虽然还有色有香，却失去了根。有母亲的人，心里是安定的。我怕，怕，怕家信中带来不好的消息，告诉我已是失了根的花草。

去年一年，我在家信中找不到关于老母的起居情况。我疑虑，害怕。我想象得到，如有不幸，家中念我流亡孤苦，或不忍相告。母亲的生日是在九月，我在八月半写去祝寿的信，算计着会在寿日之前到达。信中嘱咐千万把寿日的详情写来，使我不再疑虑。十二月二十六日，由文化劳军的大会上回来，我接到家信。我不敢拆读。就寝前，我拆开信，母亲已去世一年了！

生命是母亲给我的。我之能长大成人，是母亲的血汗灌养的。我之能成为一个不十分坏的人，是母亲感化的。我的性格，习惯，是母亲传给的。她一世未曾享过一天福，临死还吃的是粗粮。唉！还说什么呢？心痛！心痛！

原载于1943年4月《半月文萃》第1卷第9、10期合刊

背　影

朱自清

我与父亲不相见已二年余了，我最不能忘记的是他的背影。那年冬天，祖母死了，父亲的差使也交卸了，正是祸不单行的日子。我从北京到徐州，打算跟着父亲奔丧回家。到徐州见着父亲，看见满院狼藉的东西，又想起祖母，不禁簌簌地流下眼泪。父亲说，“事已如此，不必难过，好在天无绝人之路！”

回家变卖典质，父亲还了亏空；又借钱办了丧事。这些日子，家中光景很是惨淡，一半为了丧事，一半为了父亲赋闲。丧事完毕，父亲要到南京谋事，我也要回北京念书，我们便同行。

到南京时，有朋友约去游逛，勾留了一日；第二日上午便须渡江到浦口，下午上车北去。父亲因为事忙，本已说定不送我，叫旅馆里一个熟识的茶房陪我同去。他再三嘱咐茶房，甚是仔细。但他终于不放心，怕茶房不妥帖；颇踌躇了一会。其实我那年已二十岁，北京已来往过两三次，是没有什么要紧的了。他踌躇了一会，终于决定还是自己送我去。我两三回劝他不必去；他只说，“不要紧，他们去不好！”

我们过了江，进了车站。我买票，他忙着照看行李。行李太多了，得向脚夫行些小费，才可过去。他便又忙着和他们讲价钱。我那时真是聪明过分，总觉他说话不大漂亮，非自己插嘴不可，但他终于讲定了价钱；就送我上车。他给我拣定了靠车门的一张椅子；我将他给我做的紫毛大衣铺好座位。他嘱我路上小心，夜里警醒些，不要受凉。又嘱托茶房好好照应我。我心里暗笑他的迂，他们只认得钱，托他们只是白托！而且我这样大年纪的人，难道还不能料理自己么？唉，我现在想想，我那时真是太聪明了。

我说道，“爸爸，你走吧。”他望车外看了看，说，“我买几个橘子去。你就在此地，不要走动。”我看那边月台的栅栏外有几个卖东西的等着顾客。走到那边月台，须穿过铁道，须跳下去又爬上去。父亲是一个胖子，走过去自然要费事些。我本来要去的，他不肯，只好让他去。我看见他戴着黑布小帽，穿着黑布大马褂，深青布棉袍，蹒跚地走到铁道边，慢慢探身下去，尚不大难。可是他穿过铁道，要爬上那边月台，就不容易了。他用两手攀着上面，两脚再向上缩；他肥胖的身子向左微倾，显出努力的样子。这时我看见他的背影，我的泪很快地流下来了。我赶紧拭干了泪，怕他看见，也怕别人看见。我再向外看时，他已抱了朱红的橘子望回走了。过铁道时，他先将橘子散放在地上，自己慢慢爬下，再抱起橘子走。到这边时，我赶紧去搀他。他和我走到车上，将橘子一股脑儿放在我的皮大衣上。于是扑扑衣上的泥土，心里很轻松似的，过一会说，“我走了；到那边来信！”我望着他走出去。他走了几步，回过头看见我，说，“进去吧，里边没人。”等他的背影混入来来往往的人里，再找不着了，我便进来坐下，我的眼泪又来了。

近几年来，父亲和我都是东奔西走，家中光景是一日不如一日。他少年出外谋生，独力支持，做了许多大事。那知老境却如此颓唐！他触目伤怀，自然情不能自已。情郁于中，自然要发之于外；家庭琐屑便往往触他之怒。他待我渐渐不同往日。但最近两年的不见，他终于忘却我的不好，只是惦记着我，惦记着我的儿子。我北来后，他写了一信给我，信中说道：“我身体平安，惟膀子疼痛厉害，举箸提笔，诸多不便，大约大去之期不远矣。”我读到此处，在晶莹的泪光中，又看见那肥胖的，青布棉袍，黑布马褂的背影。唉！我不知何时再能与他相见！

原载于1925年11月22日《文学周报》第200期

多年父子成兄弟

汪曾祺

这是我父亲的一句名言。

父亲是个绝顶聪明的人。他是画家，会刻图章，画写意花卉。图章初宗浙派，中年后治汉印。他会摆弄各种乐器，弹琵琶，拉胡琴，笙箫管笛，无一不通。他认为乐器中最难的其实是胡琴，看起来简单，只有两根弦，但是变化很多，两手都要有功夫。他拉的是老派胡琴，弓子硬，松香滴得很厚——现在拉胡琴的松香都只滴了薄薄的一层。他的胡琴音色刚亮。胡琴码子都是他自己刻的，他认为买来的不中使。他养蟋蟀，养金铃子。他养过花，他养的一盆素心兰在我母亲病故那年死了，从此他就不再养花。我母亲死后，他亲手给她做了几箱子冥衣——我们那里有烧冥衣的风俗。按照母亲生前的喜好，选购了各种花素色纸作衣料，单夹皮棉，四时不缺。他做的皮衣能分得出小麦穗、羊羔、灰鼠、狐肷。

父亲是个很随和的人，我很少见他发过脾气，对待子女，从无疾言厉色。他爱孩子，喜欢孩子，爱跟孩子玩，带着孩子玩。我的姑妈称他为“孩子头”。春天，不到清明，他领一群孩子到麦田里放风筝。放的是他自己糊的蜈蚣（我们那里叫“百脚”），是用染了色的绢糊的。放风筝的线是胡琴的老弦。老弦结实而轻，这样风筝可笔直地飞上去，没有“肚儿”。用胡琴弦放风筝，我还未见过第二人。清明节前，小麦还没有“起身”，是不怕践踏的，而且越踏会越长得旺。孩子们在屋里闷了一冬天，在春天的田野里奔跑跳跃，身心都极其畅快。他用钻石刀把玻璃裁成不同形状的小块，再一块一块逗拢，接缝处用胶水粘牢，做成小桥、小亭子、八角玲珑水晶球。桥、亭、球是中空的，里面养了金铃子。从外面可以看到金铃子在里面自在爬行，振翅鸣叫。他会做各种灯。用浅绿透明的“鱼鳞纸”扎了一只纺织娘，栩栩如生。用西洋红染了色，上深下浅，通草做花瓣，做了一个重瓣荷花灯，真是美极了。在小西瓜（这是拉秧的小瓜，因其小，不中吃，叫做“打瓜”或“笃瓜”）上开小口挖净瓜瓤，在瓜皮上雕镂出极细的花纹，做成西瓜灯。我们在这些灯里点了蜡烛，穿街过巷，邻居的孩子都跟过来看，非常羡慕。

父亲对我的学业是关心的，但不强求。我小时了了，国文成绩一直是全班第一。我的作文，时得佳评，他就拿出去到处给人看。我的数学不好，他也不责怪，只要能及格，就行了。他画画，我小时也喜欢画画，但他从不指点我。他画画时，我在旁边看，其余时间由我自己乱翻画谱，瞎抹。我对写意花卉那时还不太会欣赏，只是画一些鲜艳的大桃子，或者我从来没有见过的瀑布。我小时字写得不错，他倒是给我出过一点主意。在我写过一阵《圭峰碑》和《多宝塔》以后，他建议我写写《张猛龙》。这建议是很好的，到现在我写的字还有《张猛龙》的影响。我初中时爱唱戏，唱青衣，我的嗓子很好，高亮甜润。在家里，他拉胡琴，我唱。我的同学有几个能唱戏的，学校开同乐会，他应我的邀请，到学校去伴奏。几个同学都只是清唱。有一个姓费的同学借到一顶纱帽，一件蓝官衣，扮起来唱《朱砂井》，但是没有配角，没有衙役，没有犯人，只是一个赵廉，摇着马鞭在台上走了两圈，唱了一段"郡坞县在马上心神不定"便完事下场。父亲那么大的人陪着几个孩子玩了一下午，还挺高兴。我十七岁初恋，暑假里，在家写情书，他在一旁瞎出主意。我十几岁就学会了抽烟喝酒。他喝酒，给我也倒一杯。抽烟，一次抽出两根，他一根我一根。他还总是先给我点上火。我们的这种关系，他人或以为怪。父亲说："我们是多年父子成兄弟。"

我和儿子的关系也是不错的。我戴了"右派分子"的帽子下放张家口农村劳动，他那时还未从幼儿园刚毕业，刚刚学会汉语拼音，用汉语拼音给我写了第一封信。我也只好赶紧学会汉语拼音，好给他写回信。"文化大革命"期间，我被打成"黑帮"，送进"牛棚"。偶尔回家，孩子们对我还是很亲热。我的老伴告诫他们"你们要和爸爸'划清界限'"。儿子反问母亲："那你怎么还给他打酒？”只有一件事，两代之间，曾有分歧。他下放山西忻县“插队落户”。按规定，春节可以回京探亲。我们等着他回来。不料他同时带回了一个同学。他这个同学的父亲是一位正受林彪迫害，搞得人因家破的空军将领。这个同学在北京已经没有家，按照大队的规定是不能回北京的。但是这孩子很想回北京，在一伙同学的秘密帮助下，我的儿子就偷偷地把他带回来了。他连“临时户口”也不能上，是个“黑人”，我们留他在家住，等于“窝藏”了他。公安局随时可以来查户口，街道办事处的大妈也可能举报。当时人人自危，自顾不暇，儿子惹了这么一个麻烦，使我们非常为难。我和老伴把他叫到我们的卧室，对他的冒失行为表示很不满。我责备他：“怎么事前也不和我们商量一下！”我的儿子哭了，哭得很委屈，很伤心。我们当时立刻明白了：他是对的，我们是错的。我们这种怕担干系的思想是庸俗的。我们对儿子和同学之间的义气缺乏理解，对他的感情不够尊重。他的同学在我们家一直住了四十多天，才离去。

对儿子的几次恋爱，我采取的态度是“闻而不问”。了解，但不干涉。我们相信他自己的选择，他的决定。最后，他悄悄和一个小学时期的女同学好上了，结了婚。有了一个女儿，已近七岁。

我的孩子有时叫我“爸”，有时叫我“老头子”！连我的孙女也跟着叫。我的亲家母说这孩子“没大没小”。我觉得一个现代化的、充满人情味的家庭，首先必须做到“没大没小”。父母叫人敬畏，儿女“笔管条直”，最没有意思。

儿女是属于他们自己的。他们的现在，和他们的未来，都应由他们自己来设计。一个想用自己理想的模式塑造自己的孩子的父亲是愚蠢的，而且，可恶！另外，作为一个父亲，应该尽量保持一点童心。

原载于 1991 年《福建文学》第 1 期

给我的孩子们

丰子恺

我的孩子们！我憧憬于你们的生活，每天不止一次！我想委曲地说出来，使你们自己晓得。可惜到你们懂得我的话的时候，你们将不复是可以使我憧憬的人了。这是何等可悲哀的事啊！

瞻瞻！你尤其可佩服。你是身心全部公开的真人。你什么事体都像拼命地用全副精力去对付。小小的失意，像花生米翻落地了，自己嚼了舌头了，小猫不肯吃糕了，你都要哭得嘴唇翻白，昏去一两分钟。外婆普陀去烧香买回来给你的泥人，你何等鞠躬尽瘁地抱他，喂他；有一天你自己失手把他打破了，你的号哭的悲哀，比大人们的破产，失恋，brokenheart[①]，丧考妣，全军覆没的悲哀都要真切。两把芭蕉扇做的脚踏车，麻雀牌堆成的火车，汽车，你何等认真地看待，挺直了嗓子叫“汪——”“咕咕咕……”，来

---

① brokenheart：意为“心碎”。——编者注

代替汽笛。宝姊姊讲故事给你听，说到“月亮姊姊挂下一只篮来，宝姊姊坐在篮里吊上去，瞻瞻在下面看”的时候，你何等激昂地同她争，说：“瞻瞻要上去，宝姊姊在下面看！”甚至哭到漫姑[1]面前去求审判。我每次剃了头，你真心地疑我变了和尚，好几时不要我抱。最是今年夏天，你坐在我膝上发见了我腋下的长毛，当作黄鼠狼的时候，你何等伤心！你立刻从我身上爬下去，起初眼瞪瞪地对我端相，继而大失所望地号哭，看看，哭哭，如同对被判定了死罪的亲友一样。你要我抱你到车站里去，多多益善地要买香蕉，满满地擒了两手回来，回到门口时你已经熟睡在我的肩上，手里的香蕉不知落在那里去了。这是何等可佩服的真率，自然，与热情！大人间的所谓“沉默”“含蓄”“深刻”的美德，比起你来，全是不自然的，病的，伪的！

你们每天做火车，做汽车，办酒，请菩萨，堆六面画，唱歌，全是自动的，创造创作的生活。大人们的呼号“归自然！”“生活的艺术化！”“劳动的艺术化！”在你们面前真是出丑得很了！依样画几笔画，写几篇文的人称为艺术家，创作家，对你们更要愧死！

你们的创作力，比大人真是强盛得多哩：瞻瞻！你的身体不及椅子的一半，却常常要搬动它，与它一同翻倒在地上；你又要把一杯茶横转来藏在抽斗里，要皮球停在壁上，要拉住火车的尾巴，要

---

① 漫姑：即作者三姐丰满。——编者注

月亮出来，要天停止下雨。在这等小小的事件中，明明表示着你们的弱小的体力与智力不足以应付强盛的创作欲，表现欲的驱使，因而遭逢失败。然而你们是不受大自然的支配，不受人类社会的束缚的创造者，所以你的遭逢失败，例如火车尾巴拉不住，月亮呼不出来的时候，你们决不承认是事实的不可能，总以为是爹爹妈妈不肯帮你们办到，同不许你们弄自鸣钟同例，所以愤愤地哭了，你们的世界何等广大！

你们一定想：终天无聊地伏在案上弄笔的爸爸，终天闷闷地坐在窗下弄引线的妈妈，是何等无气性的奇怪的动物！你们所视为奇怪动物的我与你们的母亲，有时确实难为了你们，摧残了你们，回想起来，真是不安心得很！

阿宝！有一晚你拿软软的新鞋子，和自己脚上脱下来的鞋子，给凳子的脚穿了，划袜立在地上，得意地叫“阿宝两只脚，凳子四只脚”的时候，你母亲喊着“龌龊了袜子！”立刻擒你到藤榻上，动手毁坏你的创作。当你蹲在榻上注视你母亲动手毁坏的时候，你的小心里一定感到“母亲这种人，何等杀风景而野蛮”吧！

瞻瞻！有一天开明书店送了几册新出版的毛边的《音乐入门》来。我用小刀把书页一张一张地裁开来，你侧着头，站在桌边默默地看。后来我从学校回来，你已经在我的书架上拿了一本连史纸印的中国装的《楚辞》，把它裁破了十几页，得意地对我说：“爸爸！瞻瞻也会裁了！”瞻瞻！这在你原是何等成功的欢喜，何等得意的作品！却被我一个惊骇的“哼！”字喊得你哭了。那时候你也一定抱怨“爸爸何等不明”吧！

软软！你常常要弄我的长锋羊毫，我看见了总是无情地夺脱你。现在你一定轻视我，想道：“你终于要我画你的画集的封面！”

最不安心的，是有时我还要拉一个你们所最怕的陆露沙医生来，教他用他的大手来摸你们的肚子，甚至用刀来在你们臂上割几下，还要教妈妈和漫姑擒住了你们的手脚，捏住了你们的鼻子，把很苦的水灌到你们的嘴里去。这在你们一定认为太无人道的野蛮举动吧！

孩子们！你们果真抱怨我，我倒欢喜；到你们的抱怨变为感谢的时候，我的悲哀来了！

我在世间，永没有逢到像你们样出肺肝相示的人。世间的人群结合，永没有像你们样的彻底地真实而纯洁。最是我到上海去干了无聊的所谓“事”回来，或者去同不相干的人们做了叫做“上课”的一种把戏回来，你们在门口或车站旁等我的时候，我心中何等惭愧又欢喜！惭愧我为什么去做这等无聊的事，欢喜我又得暂时放怀一切地加入你们的真生活的团体。

但是，你们的黄金时代有限，现实终于要暴露的。这是我经验过来的情形，也是大人们谁也经验过的情形。我眼看见儿时的伴侣中的英雄，好汉，一个个退缩，顺从，妥协，屈服起来，到像绵羊的地步。我自己也是如此。“后之视今，亦犹今之视昔”，你们不久也要走这条路呢！

我的孩子们！憧憬于你们的生活的我，痴心要为你们永远挽留这黄金时代在这册子里。然这真不过像“蜘蛛网落花”，略微保留一点春的痕迹而已。且到你们懂得我这片心情的时候，你们早已不是这样的人，我的画在世间已无可印证了！这是何等可悲哀的事啊！

选自《子恺画集》，开明书店 1927 年

父亲的病

鲁迅

大约十多年前罢，S 城[①] 中曾经盛传过一个名医的故事：

他出诊原来是一元四角，特拔十元，深夜加倍，出城又加倍。有一夜，一家城外人家的闺女生急病，来请他了，因为他其实已经阔得不耐烦，便非一百元不去。他们只得都依他。待去时，却只是草草地一看，说道“不要紧的”，开一张方，拿了一百元就走。那病家似乎很有钱，第二天又来请了。他一到门，只见主人笑面承迎，道，“昨晚服了先生的药，好得多了，所以再请你来复诊一回。”仍旧引到房里，老妈子便将病人的手拉出帐外来。他一按，冷冰冰的，也没有脉，于是点点头道，“唔，这病我明白了。”从从容容走到桌前，取了药方纸，提笔写道：

“凭票付英洋壹百元正。”下面是署名，画押。

---

① S 城：指绍兴城。——编者注

“先生，这病看来很不轻了，用药怕还得重一点罢。”主人在背后说。

“可以，”他说。于是另开了一张方：

“凭票付英洋贰百元正。”下面仍是署名，画押。

这样，主人就收了药方，很客气地送他出来了。

我曾经和这名医周旋过两整年，因为他隔日一回，来诊我的父亲的病。那时虽然已经很有名，但还不至于阔得这样不耐烦；可是诊金却已经是一元四角。现在的都市上，诊金一次十元并不算奇，可是那时是一元四角已是巨款，很不容易张罗的了；又何况是隔日一次。他大概的确有些特别，据舆论说，用药就与众不同。我不知道药品，所觉得的，就是“药引”的难得，新方一换，就得忙一大场。先买药，再寻药引。“生姜”两片，竹叶十片去尖，他是不用的了。起码是芦根，须到河边去掘；一到经霜三年的甘蔗，便至少也得搜寻两三天。可是说也奇怪，大约后来总没有购求不到的。

据舆论说，神妙就在这地方。先前有一个病人，百药无效；待到遇见了什么叶天士先生，只在旧方上加了一味药引：梧桐叶。只一服，便霍然而愈了。“医者，意也。”其时是秋天，而梧桐先知秋气。其先百药不投，今以秋气动之，以气感气，所以……。我虽然并不了然，但也十分佩服，知道凡有灵药，一定是很不容易得到的，求仙的人，甚至于还要拼了性命，跑进深山里去采呢。

这样有两年，渐渐地熟识，几乎是朋友了。父亲的水肿是逐日利害，将要不能起床；我对于经霜三年的甘蔗之流也逐渐失了信仰，采办药引似乎再没有先前一般踊跃了。正在这时候，他有一天来诊，问过病状，便极其诚恳地说：

“我所有的学问，都用尽了。这里还有一位陈莲河先生，本领比我高。我荐他来看一看，我可以写一封信。可是，病是不要紧的，不过经他的手，可以格外好得快……。”

这一天似乎大家都有些不欢，仍然由我恭敬地送他上轿。进来时，看见父亲的脸色很异样，和大家谈论，大意是说自己的病大概没有希望的了；他因为看了两年，毫无效验，脸又太熟了，未免有些难以为情，所以等到危急时候，便荐一个生手自代，和自己完全脱了干系。但另外有什么法子呢？本城的名医，除他之外，实在也只有一个陈莲河了。明天就请陈莲河。

陈莲河的诊金也是一元四角。但前回的名医的脸是圆而胖的，他却长而胖了：这一点颇不同。还有用药也不同。前回的名医是一个人还可以办的，这一回却是一个人有些办不妥帖了，因为他一张药方上，总兼有一种特别的丸散和一种奇特的药引。

芦根和经霜三年的甘蔗，他就从来没有用过。最平常的是“蟋蟀一对”，旁注小字道：“要原配，即本在一窠中者。”似乎昆虫也要贞节，续弦或再醮，连做药资格也丧失了。但这差使在我并不为难，走进百草园，十对也容易得，将它们用线一缚，活活地掷入沸汤中完事。然而还有“平地木十株”呢，这可谁也不知道是什么东西了，问药店，问乡下人，问卖草药的，问老年人，问读书人，问木匠，都只是摇摇头，临末才记起了那远房的叔祖，爱种一点花木的老人，跑去一问，他果然知道，是生在山中树下的一种小树，能结红子如小珊瑚珠的，普通都称为“老弗大”。

“踏破铁鞋无觅处，得来全不费工夫。”药引寻到了，然而还有一种特别的丸药：败鼓皮丸。这“败鼓皮丸”就是用打破的旧鼓皮做成；水肿一名鼓胀，一用打破的鼓皮自然就可以克伏他。清朝的刚毅因为憎恨“洋鬼子”，预备打他们，练了些兵称作“虎神营”，取虎能食羊，神能伏鬼的意思，也就是这道理。可惜这一种神药，全城中只有一家出售的，离我家就有五里，但这却不像平地木那样，必须暗中摸索了，陈莲河先生开方之后，就恳切详细地给我们说明。

“我有一种丹，”有一回陈莲河先生说，“点在舌上，我想一定可以见效。因为舌乃心之灵苗……。价钱也并不贵，只要两块钱一盒……。”

我父亲沉思了一会，摇摇头。

“我这样用药还会不大见效，”有一回陈莲河先生又说，“我想，可以请人看一看，可有什么冤愆……。医能医病，不能医命，对不对？自然，这也许是前世的事……。”

我的父亲沉思了一会，摇摇头。

凡国手，都能够起死回生的，我们走过医生的门前，常可以看见这样的扁额。现在是让步一点了，连医生自己也说道：“西医长于外科，中医长于内科。”但是 S 城那时不但没有西医，并且谁也还没有想到天下有所谓西医，因此无论什么，都只能由轩辕岐伯的嫡派门徒包办。轩辕时候是巫医不分的，所以直到现在，他的门徒就还见鬼，而且觉得“舌乃心之灵苗”。这就是中国人的“命”，连名医也无从医治的。

不肯用灵丹点在舌头上，又想不出“冤愆”来，自然，单吃了一百多天的“败鼓皮丸”有什么用呢？依然打不破水肿，父亲终于躺在床上喘气了。还请一回陈莲河先生，这回是特拔，大洋十元。他仍旧泰然的开了一张方，但已停止败鼓皮丸不用，药引也不很神妙了，所以只消半天，药就煎好，灌下去，却从口角上回了出来。

从此我便不再和陈莲河先生周旋，只在街上有时看见他坐在三名轿夫的快轿里飞一般抬过；听说他现在还康健，一面行医，一面还做中医什么学报，正在和只长于外科的西医奋斗哩。

中西的思想确乎有一点不同。听说中国的孝子们，一到将要“罪孽深重祸延父母”的时候，就买几斤人参，煎汤灌下去，希望父母多喘几天气，即使半天也好。我的一位教医学的先生却教给我医生的职务道：可医的应该给他医治，不可医的应该给他死得没有痛苦。——但这先生自然是西医。

父亲的喘气颇长久，连我也听得很吃力，然而谁也不能帮助他。我有时竟至于电光一闪似的想道：“还是快一点喘完了罢……。”立刻觉得这思想就不该，就是犯了罪；但同时又觉得这思想实在是正当的，我很爱我的父亲。便是现在，也还是这样想。

早晨，住在一门里的衍太太进来了。她是一个精通礼节的妇人，说我们不应该空等着。于是给他换衣服；又将纸锭和一种什么《高王经》烧成灰，用纸包了给他捏在拳头里……。

“叫呀，你父亲要断气了。快叫呀！”衍太太说。

“父亲！父亲！”我就叫起来。

“大声！他听不见。还不快叫？！”

“父亲！！！父亲！！！”

他已经平静下去的脸，忽然紧张了，将眼微微一睁，仿佛有一些苦痛。

“叫呀！快叫呀！”她催促说。

“父亲！！！”

“什么呢？……不要嚷。……不……。”他低低地说，又较急地喘着气，好一会，这才复了原状，平静下去了。

“父亲！！！”我还叫他，一直到他咽了气。

我现在还听到那时的自己的这声音，每听到时，就觉得这却是我对于父亲的最大的错处。

原载于1926年11月10日《莽原》半月刊第1卷第21期

第三章

最暖人心烟火味

西红柿

老舍

所谓番茄炒虾仁的番茄，在北平原叫作西红柿，在山东各处则名为洋柿子，或红柿子。想当年我还梳小辫，系红头绳的时候，西红柿还没有番茄这点威风。它的价值，在那不文明的时代，不过与“赤包儿”相等，给小孩儿们拿着玩玩而已。大家作“娶姑娘扮姐姐”玩耍的时节，要在小板凳上摆起几个红胖发亮的西红柿，当作喜筵，实在漂亮。可是，它的价值只是这么点，而且连这一点还不十分稳定，至于在大小饭铺里，它是完全没有份儿的。这种东西，特别是在叶子上，有些不得人心的臭味——按北平的话说，这叫作“青气味儿”。所谓“青气味儿”，就是草木发出来的那种不好闻的味道，如楮树叶儿和一些青草，都是有此气味的。可怜的西红柿，果实是那么鲜丽，而被这个味儿给累住，像个有狐臭的美人。不要说是吃，就是当“花儿”看，它也是没有“凉水茄”“番椒”等那种可以与美人蕉，翠雀儿等草花同在街上售卖的资格。小孩儿拿它玩耍，仿佛也是出于不得已；这种玩艺儿好玩不好吃，不像落花生或枣子那样可以“吃玩两便”。其实呢，西红柿的味道并不像它的叶子那么臭恶，而且不比臭豆腐难吃，可是那股青气味儿到底要了它的命。除了这点味道，恐怕它的失败在于它那点四不像的劲儿：拿它当果子看待，它甜不如果，脆不如瓜；拿它当菜吃，煮熟之后屁味没有，稀松一堆，没点“嚼头”；它最宜生吃，可是那股味儿，不果不瓜不菜，亦可以休矣！

西红柿转运是在近些年，“番茄”居然上了菜单，由英法大菜馆而渐渐侵入中国饭铺，连山东馆子也要报一报“番茄虾银（仁）儿”！文化的侵略哟，门牙也挡不住呀！可是细一看呢，饭馆里的番茄这个与那个，大概都是加上了点番茄汁儿，粉红怪可看，且不难吃；至于整个的鲜番茄，还没多少人肯大嘴的啃。肯生吞它的，或者还得算留过洋的人们和他们的儿女，到底他们的洋味地道些。近来西医宣传西红柿里含有维他命 A 至 W，可是必须生吃，这倒有点别扭。不过呢，国人是最注意延年益寿，滋阴补肾的东西，或者这点青气味儿也不难于习惯下来的；假如国医再给证明一下：番茄加鹿茸可以壮阳种子，我想它的前途正自未可限量咧。

原载于 1935 年 7 月 14 日青岛《民报》

贴秋膘

汪曾祺

人到夏天，没有什么胃口，饭食清淡简单，芝麻酱面（过水，抓一把黄瓜丝，浇点花椒油）；烙两张葱花饼，熬点绿豆稀粥……两三个月下来，体重大都要减少一点。秋风一起，胃口大开，想吃点好的，增加一点营养，补偿补偿夏天的损失，北方人谓之“贴秋膘”。

北京人所谓“贴秋膘”有特殊的含意，即吃烤肉。

烤肉大概源于少数民族的吃法。日本人称烤羊肉为“成吉思汗料理”（青木正儿《中华腌菜谱》里提到），似乎这是蒙古人的东西。但我看《元朝秘史》，并没有看到烤肉。成吉思汗当然是吃羊肉的，《秘史》里几次提到他到了一个什么地方，吃了一只“双母乳的羊羔”。羊羔而是“双母乳”（两只母羊喂奶）的，想必十分肥嫩。一顿吃一只羊羔，这食量是够可以的。但似乎只是白煮，即便是烤，也会是整只的烤，不会像北京的烤肉一样。如果是北京的烤肉，他吃起来大概也不耐烦，觉得不过瘾。我去过内蒙几次，也没有在草原上吃过烤肉。那么，这是不是蒙古料理，颇可存疑。北京卖烤肉的，都是回民馆子。“烤肉宛”原来有齐白石写的一块小匾，写得明白：“清真烤肉宛”，这块匾是写在宣纸上的，嵌在镜框里，字写得很好，后面还加了两行注脚：“诸书无烤字，应人所请自我作古”。我曾写信问过语言文字学家朱德熙，是不是古代没有“烤”字，德熙复信说古代字书上确实没有这个字。看来“烤”字是近代人造出来的字了。这是不是回民的吃法？我到过回民集中的兰州，到过新疆的乌鲁木齐、伊犁、吐鲁番，都没有见到如北京烤肉一样的烤肉。烤羊肉串是到处有的，但那是另外一种。北京的烤肉起源于何时，原是哪个民族的，已不可考。反正它已经在北京生根落户，成了北京“三烤”（烤肉，烤鸭，烤白薯）之一，是“北京吃儿”的代表作了。

北京烤肉是在“炙子”上烤的。“炙子”是一根一根铁条钉成的圆板，下面烧着大块的劈材，松木或果木。羊肉切成薄片（也有烤牛肉的，少），由堂倌在大碗里拌好佐料——酱油，香油，料酒，大量的香菜，加一点水，交给顾客，由顾客用长筷子平摊在炙子上烤。“炙子”的铁条之间有小缝，下面的柴烟火气可以从缝隙中透上来，不但整个“炙子”受火均匀，而且使烤着的肉带柴木清香；上面的汤卤肉屑又可填入缝中，增加了烤炙的焦香。过去吃烤肉都是自己烤。因为炙子颇高，只能站着烤，或一只脚踩在长凳上。大火烤着，外面的衣裳穿不住，大都脱得只穿一件衬衫。足蹬长凳，解衣磅礴，一边大口地吃肉，一边喝白酒，很有点剽悍豪霸之气。满屋子都是烤炙的肉香，这气氛就能使人增加三分胃口。平常食量，吃一斤烤肉，问题不大。吃斤半，二斤，二斤半的，有的是。自己烤，嫩一点，焦一点，可以随意。而且烤本身就是个乐趣。

北京烤肉有名的三家：烤肉季，烤肉宛，烤肉刘。烤肉宛在宣武门里，我住在国会街时，几步就到了，常去。有时懒得去等炙子（因为顾客多，炙子常不得空），就派一个孩子带个饭盒烤一饭盒，买几个烧饼，一家子一顿饭，就解决了。烤肉宛去吃过的名人很多。除了齐白石写的一块匾，还有张大千写的一块。梅兰芳题了一首诗，记得第一句是“宛家烤肉旧驰名”，字和诗当然是许姬传代笔。烤肉季在什刹海，烤肉刘在虎坊桥。

从前北京人有到野地里吃烤肉的风气。玉渊潭就是个吃烤肉的地方。一边看看野景，一边吃着烤肉，别是一番滋味。听玉渊潭附近的老住户说，过去一到秋天，老远就闻到烤肉香味。

北京现在还能吃到烤肉，但都改成由服务员代烤了端上来，那就没劲了。我没有去过。内蒙也有“贴秋膘”的说法，我在呼和浩特就听到过。不过似乎只是汉族干部或说汉语的蒙族干部这样说。蒙语有没有这说法，不知道。呼市的干部很愿意秋天“下去”考察工作或调查材料。别人就会说：“哪里是去考察，调查，是去‘贴秋膘’去了。”呼市干部所说“贴秋膘”是说下去吃羊肉去了。但不是去吃烤肉，而是去吃手把羊肉。到了草原，少不了要吃几顿羊肉。有客人来，杀一只羊，这在牧民实在不算什么。关于手把羊肉，我曾写过一篇文章，收入《蒲桥集》，兹不重述。那篇文章漏了一句很重要的话，即羊肉要秋天才好吃，大概要到阴历九月，羊才上膘，才肥。羊上了膘，人才可以去“贴”。

原载于1993年《中国美食家》试刊号

茶话

周瘦鹃

茶，是我国的特产，吃茶也就成了我国人民特有的习惯。无论是都市，是城镇，以至乡村，几乎到处都有大大小小的茶馆，每天自朝至暮，几乎到处都有茶客，或者是聊闲天，或者是谈正事，或者搞些下象棋、玩纸牌等轻便的文娱活动，形成了一个公开的群众俱乐部。

茶有茗、荈、槚几个别名。据《尔雅》说，早采者为茶，晚取者为茗，荈和槚是苦茶。吃茶的风气始于晋代。晋人杜育就写过一篇《荈赋》，对于茶大加赞美；到了唐代，那就盛行吃茶了。

茶树的干像瓜芦，叶子像栀子，花朵像野蔷薇，有清香，高一二尺。江苏、浙江、福建、安徽各省，都是茶的产地，如碧螺春、龙井、武夷、六安、祁门等各种著名的绿茶、红茶，都是我们所熟知的。茶树都种于山野间，可是喜阴喜燥，怕阳光怕水，倘不施粪肥，味儿更香，绿茶色淡而香清，红茶色香味都很浓郁，而味带涩性。绿茶有明前、雨前之分，是照着采茶的时期而定名的，采于清明节以前的叫做明前，采于谷雨节以前的叫做雨前，以雨前较为名贵。茶叶可用花窨，如茉莉、珠兰、玫瑰、木樨、白兰、玳玳都可以窨茶；不过花香一浓，就会冲淡茶香，所以窨花的茶叶，不必太好，上品的茶叶，是不需要借重那些花的。

吃茶有什么好处，谁也不能肯定。茶可以解渴，这是开宗明义第一章，有的人说它可以开胃润气，并且助消化，尤以红茶为有效。可是卫生家却并不赞同，以为茶有刺激神经的作用，不如喝白开水有润肠利便之效。但我们吃惯了茶的人，总觉得白开水淡而无味，还是要去吃茶，情愿让神经刺激一下的。

唐朝的诗人卢仝和陆羽，可说是我国提倡吃茶的有名人物，昔人甚至尊之为“茶圣”。卢仝曾有一首长歌，谢人寄新茶，其下半首云：

……柴门反关无俗客，纱帽笼头自煎吃。
碧云引风吹不断，白花浮光凝碗面。
一碗喉吻润，两碗破孤闷。
三碗搜枯肠，唯有文字五千卷。
四碗发轻汗，平生不平事，尽向毛孔散。
五碗肌骨清，六碗通仙灵。
七碗吃不得也，唯觉两腋习习清风生。

夸张吃茶的好处，写得十分有趣；因此，“卢仝七碗”也就成了后人传诵的佳话。陆羽字鸿渐，有文学，嗜茶成癖，著《茶经》三篇，源源本本地说出茶之原、之法、之具，真是一个吃茶的专家。宋朝的诗人如苏东坡、黄山谷、陆放翁等，也都是爱茶的；他们的诗集中，就有不少歌颂吃茶的作品。

制茶的方法，红、绿茶略有不同，据说要制红茶时，可将采下的嫩叶铺满在竹席上，放在阳光中曝晒。晒了一会，便搅拌一会，等到叶子晒得渐渐萎缩时，就纳入布袋揉搓一下，再倒出来曝晒，将水分蒸散。然后装在木箱里，一层层堆叠起来，重重压紧，用布来遮在上面。等到它变成了红褐色透出香气来时，再从箱里倒出来晒干，放在炉火上烘焙。经过了这几重手续，叶子已完全干燥，而红茶也就告成了。制绿茶时，先将采下的嫩叶放在蒸笼里蒸一下，或铁锅上炒一下。到它带了黏性而透出香气来时，就倒出来，铺散在竹席上，用扇子把它用力地扇。扇冷之后，立即上炉烘焙，一面烘，一面揉搓，叶子就逐渐干燥起来。最后再移到火力较弱的烘炉上，且烘且搓，直到完全干燥为止，于是绿茶也就告成了。

过去我一直爱吃绿茶，而近一年来，却偏爱红茶，觉得酽厚够味，在绿茶之上；有时红茶断档，那么吃吃洞庭山的名产绿茶碧螺春，也未为不可。

在明代时，苏州虎丘一带也产茶，颇有名，曾见之诗人篇章。王世贞句云："虎丘晚出谷雨候，百草斗品皆为轻。"徐渭句云："虎丘春茗妙烘蒸，七碗何愁不上升。"他们对于虎丘茶的评价，都是很高的；可是从清代以至于今，就不听得虎丘产茶了。幸而洞庭山出产了碧螺春，总算可为苏州张目。碧螺春的特点，是叶子都蜷曲，用沸水一泡，还有白色的细茸毛浮起来。初泡时茶味未出，到第二次泡时呷上一口，就觉得“清风自向舌端生”了。

从前一般风雅之士，对于吃茶称为品茗，原来他们泡了茶，并不是一口一口地呷，而是像喝贵州茅台酒、山西汾酒一样，一点一滴地在嘴唇上“品”的。在抗日战争以前，我曾在上海被邀参加过一个品茗之会。主人是个品茗的专家，备有他特制的“水仙”“野蔷薇”等茶叶，并且有黄山的云雾茶。所用的水，据说是无锡运来的惠泉水，盛在一个瓦铛里，用松毛、松果来生了火，缓缓地煎。那天请了五位客，连他自己一共六人。一只小圆桌上，放着六只像酒盅般大的小茶杯和一把小茶壶，是白地青花瓷质的。他先用沸水将杯和壶泡了一下，然后在壶中满满地放了茶叶，据说就是“水仙”。瓦铛水沸之后，就斟在茶壶里，随即在六只小茶杯里各斟一些些，如此轮流地斟了几遍，才斟满了一杯，于是品茗开始了。我照着主人的方式，啜一些在嘴唇上品，啧啧有声。客人们赞不绝口，都说：“好香！好香！”我也只得附和着乱赞，其实觉得和我们平日所吃的龙井、雨前是差不多的。听说日本人吃茶特别讲究，也是这种方式，他们称为“茶道”，吃茶而有道，也足见其重视的一斑。我以为这样的吃茶，已脱离了一般劳动人民的现实生活，实在是不足为训的。

选自《拈花集》，上海文化出版社 1983 年 6 月

饮食男女在福州

郁达夫

福州的食品，向来就很为外省人所赏识：前十余年在北平，说起私家的厨子，我们总同声一致的赞成刘崧生先生和林宗孟先生家里的蔬菜的可口。当时宣武门外的忠信堂正在流行，而这忠信堂的主人，就系旧日刘家的厨子，曾经做过清室的御厨房的。上海的小有天以及现在早已歇业了的消闲别墅，在粤菜还没有征服上海之先，也曾盛行过一时。面食里的伊府面，听说还是汀州伊墨卿[①]太守的创作；太守住扬州日久，与袁子才也时相往来，可惜他没有像随园老人那么的好事，留下一本食谱来，教给我们以烹调之法；否则，这一个福建萨伐郎（Savarin）[②]的荣誉，也早就可以

① 伊墨卿：指伊秉绶，字组似，号墨卿，福建汀州府宁化县人，故又称“伊汀州”。——编者注

② 萨伐郎（Savarin）：今译作“萨伐仑松饼”，是法国的一种甜点。——编者注

驰名海外了。

福建菜的所以会这样著名，而实际上却也实在是丰盛不过的原因，第一，当然是由于天然物产的富足。福建全省，东南并海，西北多山，所以山珍海味，一例的都贱如泥沙。听说沿海的居民，不必忧虑饥饿，大海潮回，只消上海滨去走走，就可以拾一篮海货来充作食品。又加以地气温暖，土质腴厚，森林蔬菜，随处都可以培植，随时都可以采撷。一年四季，笋类菜类，常是不断；野菜的味道，吃起来又比别处的来得鲜甜。福建既有了这样丰富的天产，再加上以在外省各地游宦营商者的数目的众多，作料采从本地，烹制学自外方，五味调和，百珍并列，于是乎闽菜之名，就宣传在饕餮家的口上了。清初周亮工著的《闽小纪》两卷，记述食品处独多，按理原也是应该的。

福州海味，在春二三月间，最流行而最肥美的，要算来自长乐的蚌肉，与海滨一带多有的蛎房。《闽小纪》里所说的西施舌，不知是否指蚌肉而言；色白而腴，味脆且鲜，以鸡汤煮得适宜，长圆的蚌肉，实在是色香味俱佳的神品。听说从前有一位海军当局者，老母病剧，颇思乡味；远在千里外，欲得一蚌肉，以解死前一刻的渴慕，部长纯孝，就以飞机运蚌肉至都。从这一件轶事看来，也可想见这蚌肉的风味了；我这一回赶上福州，正及蚌肉上市的时候，所以红烧白煮，吃尽了几百个蚌，总算也是此生的豪举，特笔记此，聊志口福。

蛎房并不是福州独有的特产，但福建的蛎房，却比江浙沿海一带所产的，特别的肥嫩清洁。正二三月间，沿路的摊头店里，到处都堆满着这淡蓝色的水包肉：价钱的廉，味道的鲜，比到东坡在岭南所贪食的蚝，当然只会得超过。可惜苏公不曾到闽海去谪居，否则，阳羡之田，可以不买，苏氏子孙，或将永寓在三山二塔之下，也说不定。福州人叫蛎房作“地衣”，略带“挨”字的尾声，写起字来，我想只有“蚳”字，可以当得。

在清初的时候，江瑶柱似乎还没有现在那么的通行，所以周亮工再三的称道，誉为逸品。在目下的福州，江瑶柱却并没有人提起了，鱼翅席上，缺少不得的，倒是一种类似宁波横脚蟹的蟳蟹，福州人叫作“新恩”，《闽小纪》里所说的虎蟳，大约就是此物。据福州人说，蟳肉最滋补，也最容易消化，所以产妇病人以及体弱的人，往往爱吃。但由对蟹类素无好感的我看来，却仍赞成周亮工之言，终觉得质粗味劣，远不及蚌与蛎房或香螺的来得干脆。

福州海味的种类，除上述的三种以外，原也很多很多；但是别地方也有，我们平常在上海也常常吃得到的东西，记下来也没有什么价值，所以不说。至于与海错相对的山珍哩，却更是可以干制，可以输出的东西，益发的没有记述的必要了，所以在这里只想说一说叫作肉燕的那一种奇异的包皮。

初到福州，打从大街小巷里走过，看见好些店家，都有一个大砧头摆在店中；一两位壮强的男子，拿了木锥，只在对着砧上的一大块猪肉，一下一下的死劲地敲。把猪肉这样的乱敲乱打，究竟算什么回事？我每次看见，总觉得奇怪；后来向福州的朋友一打听，才知道这就是制肉燕的原料了。所谓肉燕者，就是将猪肉打得粉烂，和入面粉，然后再制成皮子，如包馄饨的外皮一样，用以来包制菜蔬的东西。听说这物事在福建，也只是福州独有的特产。

福州食品的味道，大抵重糖；有几家真正福州馆子里烧出来的鸡鸭四件，简直是同蜜饯的罐头一样，不杂入一粒盐花。因此福州人的牙齿，十人九坏。有一次去看三赛乐的闽剧，看见台上演戏的人，个个都是满口金黄；回头更向左右的观众一看，妇女子的嘴里也大半镶着全副的金色牙齿。于是天黄黄，地黄黄，弄得我这一向就痛恨金牙齿的偏执狂者，几乎想放声大哭，以为福州人故意在和我捣乱。

将这些脱嫌糖重的食味除起，若论到酒，则福州的那一种土黄酒，也还勉强可以喝得。周亮工所记的玉带春、梨花白、蓝家酒、碧霞酒、莲须白、河清、双夹、西施红、状元红等，我都不曾喝过，所以不敢品评。只有会城各处在卖的鸡老（酪）酒，颜色却和绍酒一样的红似琥珀，味道略苦，喝多了觉得头痛。听说这是以一生鸡，悬之酒中，等鸡肉鸡骨都化了后，然后开坛饮用的酒，自然也是越陈越好。福州酒店外面，都写酒库两字，发卖叫发扛，也是新奇得很的名称。以红糟酿的甜酒，味道有点像上海的甜白酒，不过颜色桃红，当是西施红等名目出处的由来。莆田的荔枝酒，颜色深红带黑，味甘甜如西班牙的宝德红葡萄，虽则名贵，但我却终不喜欢。福州一般宴客，喝的总还是绍兴花雕，价钱极贵，斤量又不足，而酒味也淡似沪杭各地，我觉得建庄终究不及京庄。

福州的水果花木，终年不断；橙柑、福橘、佛手、荔枝、龙眼、甘蔗、香蕉，以及茉莉、兰花、橄榄等等，都是全国闻名的品物；好事者且各有谱牒之著，我在这里，自然可以不说。

闽茶半出武夷，就是不是武夷之产，也往往借这名山为号召。铁罗汉，铁观音的两种，为茶中柳下惠，非红非绿，略带赭色；酒醉之后，喝它三杯两盏，头脑倒真能清醒一下。其他若龙团玉乳，大约名目总也不少，我不恋茶娇，终是俗客，深恐品评失当，贻笑大方，在这里只好轻轻放过。

从《闽小纪》中的记载看来，番薯似乎还是福建人开始从南洋运来的代食品；其后因种植的便利，食味的甘美，就流传到内地去了；这植物传播到中国来的时代，只在三百年前，是明末清初的时候，因亮工所记如此，不晓得究竟是否确实。不过福建的米麦，向来就说不足，现在也须仰给于外省，但田稻倒又可以一年两植。而福州正式的酒席，大抵总不吃饭散场，因为菜太丰盛了，吃到后来，总已个个饱满，用不着再以饭颗来充腹之故。

饮食处的有名处所，城内为树春园、南轩、河上酒家、可然亭等。味和小吃，亦佳且廉；仓前的鸭面，南门兜的素菜与牛肉馆，鼓楼西的水饺子铺，都是各有长处的小吃处；久吃了自然不对，偶尔去一试，倒也别有风味。城外在南台的西菜馆，有嘉宾、西宴台、法大、西来，以及前临闽江，内设戏台的广聚楼等。洪山桥畔的义心楼，以吃形同比目鱼的贴沙鱼著名；仓前山的快乐林，以吃小盘西洋菜见称，这些当然又是菜馆中的别调。至如我所寄寓的青年会食堂，地方清洁宽广，中西菜也可以吃吃，只是不同耶稣的飨宴十二门徒一样，不许顾客醉饮葡萄酒浆，所以正式请客，大感不便。

此外则福建特有的温泉浴场，如汤门外的百合、福龙泉，飞机场的乐天泉等，也备有饮馔供客；浴客往往在这些浴场里，可以鬼混一天，不必出外去买酒买食，却也便利。从前听说更可以在个人池内男女同浴，则饮食男女，就不必分求，一举竟可以两得了。

要说福州的女子，先得说一说福建的人种。大约福建土著的最初老百姓，为南洋近边的海岛人种；所以面貌习俗，与日本的九州一带，有点相像。其后汉族南下，与这些土人杂婚，就成了无诸种族，系在春秋战国，吴越争霸之后。到得唐朝，大兵入境；相传当时曾杀尽了福建的男子，只留下女人，以配光身的兵士；故而直至现在，福州人还呼丈夫为“唐晡人”，晡者系日暮袭来的意思，同时女人的“诸娘仔”之名，也出来了。还有现在东门外北门外的许多工女农妇，头上仍戴着三把银刀似的簪为发饰，俗称她们作三把刀，据说犹是当时的遗制。因为她们的父亲丈夫儿子，都被外来的征服者杀了；她们誓死不肯从敌，故而时时带着三把刀在身边，预备复仇。只今台湾的福建籍妓女，听说也是一样，仍不肯与日本的嫖客同宿。若有人破此旧习，而与日本嫖客同宿一宵者，同人中就视作禽兽，耻不与伍，这又是多么悲壮的一幕惨剧！谁说犹唱后庭花处，商女都不知家国的兴亡哩！试看汉奸到处卖国，而妓女乃不肯辱身，其间相去，又岂止泾渭的不同？这一种古代的人种，与唐人杂婚之后，一部分不完全唐化，仍保留着他们固有的生活习惯，宗教仪式的，就是现在仍旧退居在北门外万山深处的畲民。此外的一族，以水上为家，明清以后，一向被视为贱民，不时受汉人的蹂躏的，相传其祖先系蒙古人。自元亡后，遂贬为疍户，俗呼科蹄。科蹄实为曲蹄之别音，因他们常常曲膝盘坐在船舱之内，两脚弯曲，故有此称。串通倭寇，骚扰沿海一带的居民，古时在泉州叫作泉郎的，就是这一种人种的旁支。

因为福州人种的血统，有这种种的沿革，所以福建人的面貌，和一般中原的汉族，有点两样。大致广颡深眼，鼻子与颧骨高突，两颊深陷成窝，下颚部也稍稍尖凸向前。这一种面相，生在男人的身上，倒也并不觉得特别；但一生在女人的身上，高突部为嫩白的皮肉所调和，看起来却个个都是线条刻画分明，像是希腊古代的雕塑人形了。福州女子的另一特点，是在她们的皮色的细白。生长在深闺中的宦家小姐，不见天日，白腻原也应该；最奇怪的，却是那些住在城外的工农佣妇，也一例地有着那种嫩白微红，像刚施过脂粉似的皮肤。大约日夕灌溉的温泉浴是一种关系，吃的闽江江水，总也是一种关系。

我们从前没有居住过福建，心目中总只以为福建人种，是一种蛮族。后来到了那里，和他们的文化一接触，才晓得他们虽则开化得较迟，但进步得却很快；又因为东南是海港的关系，中西文化的交流，也比中原僻地为频繁，所以闽南的有些都市，简直繁华摩登得可以同上海来争甲乙。及至观察稍深，一移目到了福州的女性，更觉得她们的美的水准，比苏杭的女子要高好几倍；而装饰的入时，身体的康健，比到苏州的小型女子，又得高强数倍都不止。

“天生丽质难自弃”，表露欲，装饰欲，原是女性的特嗜；而福州女子所有的这一种显示本能，似乎比什么地方的人还要强一点。因而天晴气爽，或岁时伏腊，有迎神赛会的关头，南大街，仓前山一带，完全是美妇人披露的画廊。眼睛个个是灵敏深黑的，鼻梁个个是细长高突的，皮肤个个是柔嫩雪白的；此外还要加上以最摩登的衣饰，与来自巴黎纽约的化装品的香雾与红霞，你说这幅福州晴天午后的全景，美丽不美丽？迷人不迷人？

亦惟因此之故，所以也影响到了社会，影响到了风俗。国民经济破产，是全国到处都一样的事实；而这些妇女子们，又大半是不生产的中流以下的阶级。衣食不足，礼义廉耻之凋伤，原是自然的结果，故而在福州住不上几月，就时时有暗娼流行的风说，传到耳边上来。都市集中人口以后，这实在也是一种不可避免而急待解决的社会大问题。

说及了娼妓，自然不得不说一说福州的官娼。从前邵武诗人张亨甫，曾著过一部《南浦秋波录》，是专记南台一带的烟花韵事的；现在世业凋零，景气全落，这些乐户人家，完全没有旧日的豪奢影子了。福州最上流的官娼，叫作白面处，是同上海的长三一样的款式。听几位久住福州的朋友说，白面处近来门可罗雀，早已掉在没落的深渊里了；其次还勉强在维持市面的，是以卖嘴不卖身为标榜的清唱堂，无论何人，只须化三元法币，就能进去听三出戏。就是这一时号称极盛的清唱堂，现在也一家一家的废了业，只剩了田墩的三五家人家。自此以下，则完全是惨无人道的下等娼妓，与野鸡款式的无名密贩了，数目之多，求售之切，到了骇人听闻的地步。至于城内的暗娼，包月妇，零售处之类，只听见公安维持者等谈起过几次，报纸上见到过许多回，内容虽则无从调查，但演绎起来，旁证以社会的萧条，产业的不振，国步的艰难，与夫人口的过剩，总也不难举一反三，晓得她们的大概。

总之，福州的饮食男女，虽比别处稍觉得奢侈，而福州的社会状态，比别处也并不见得十分的堕落。说到两性的纵弛，人欲的横流，则与风土气候有关，次热带的境内，自然要比温带寒带为剧烈。而食品的丰富，女子一般姣美与健康，却是我们不曾到过福建的人所意想不到的发见。

原载于1936年7月《逸经》半月刊第9期

扬州庖厨

曹聚仁

昔日扬州，生活豪华；扬州的吃，就是给盐商培养起来的。扬州盐商几乎每一家都有头等好厨师，都有一样著名的拿手好菜或点心。盐商请客到各家借厨师，每一个厨师，做一个菜，凑成一整桌。我教书的那家吴家，他家的干炒茄子，是我一生吃过的最入味的。我的朋友洪逵家的狮子头，也是扬州名厨做的，一品锅四个狮子头，每一个总有菜碗那么大，确实不错。李斗在他那丰富的地方志《扬州画舫录》中，就说过：

> 烹饪之技，家庖最胜。如吴一山炒豆腐，田雁门走炸鸡，江郑堂十样猪头，江南溪拌鲟鳇，施胖子梨丝炒肉，张四回子全羊，汪银山没骨鱼，江文密蜱螯饼，管大骨董汤、鲎鱼糊涂，孔讱庵螃蟹面，文思和尚豆腐，小山和尚马鞍乔，风味皆臻绝胜。

当然，名庖也是代有杰出，即如张东官所做冬笋炒鸡，便是乾隆皇帝所爱吃，赏了一个银锞的。

《画舫录》还说到富贵游家，以大船载酒，数艘并集，衔尾以进，至虹桥外，乃可放舟，宾客喧阗：

> 郡城画舫无灶，惟沙飞有之，故多以沙飞代酒船。朱竹垞《虹桥诗》云，“行到虹桥转深曲，绿杨如荠酒船来”是也。城中奴仆善烹饪者，为家庖；有以烹饪为佣赁者，为外庖。其自称曰厨子，称诸同辈曰厨行。游人赁以野食，乃上沙飞船。举凡水盍、笼帚、西炷、箸簏、酱瓿、醋瓶、镊勺、盉铛、茱萸、芍药之属，置于竹筐；加之僵禽毙兽，镇压枕藉，覆幂其上，令拙工肩之，谓之厨担。厨子随其后，各带所用之物，裹之以布，谓之刀包。拙工司炬，窥伺厨子颜色，以为炎火温蒸之候。于是画舫在前，酒船在后，橹篙相应，放乎中流；传餐有声，炊烟渐上，幂历柳下，飘摇花间，左之右之，且前且却，谓之行庖。

这位史家，他是竭极班固、张衡之笔来形容扬州庖厨的特色了。

有人说：一位穷书生，娶了一位盐商丫鬟为妻，要她炒一碟韭黄肉丝。那丫鬟摇摇头，说穷书生吃不起；原来那碟韭黄肉丝是要十只猪的面肉切成的。后来总算做成了那菜，书生吃了一筷，连着自己的舌头都吞下去了。这当然是笑话，可是扬州厨师，也得有好材料才行；一位北京厨师在莫斯科餐厅叹气，便是这个道理。

朱自清师谈到扬州的吃，他说：北京平常提到江苏菜，总想着甜甜的，腻腻的，吃了淮扬菜，才知道并不如此。真正油重的是镇江菜。扬州菜，让盐商家厨师做起来，虽不如山东菜的清淡，却也滋润、利落，决不腻嘴腻舌。不但味道鲜美，颜色也清丽悦目。扬州又以面馆著名，好在汤味醇厚，是所谓白汤。由种种汤的东西如鸡、鸭、鱼、肉等熬成，好在它的厚，和啖熊掌一般；也有清汤，就是一味鸡汤。《画舫录》称：城内食肆多附于面馆。面有大连、中碗、重二之分。夏用半汤，谓之过桥。冬用满汤，谓之大连。面有浇头，以长鱼、鸡、猪为三鲜。大东门有如意馆、席珍；小东门有玉鳞、桥园。西门有方解、林店。……皆此类也。徽人于河下街卖松毛包子，名徽包店（这便是上海面店中的苏式汤包松毛垫底，一碗蛋皮丝清汤，配合着吃）。因仿岩镇街没骨鱼面，名其店曰合鲭，盖以鲭鱼为面也。仿之者有槐叶楼火腿面。合鲭复改为坡儿上之玉坡，遂以鱼面胜。徐凝门问鹤楼以螃蟹而胜，其最甚者，鳇鱼、蝗螯、班鱼、羊肉诸大连，一碗面的钱，就等于中人一日之用了（内行的人，吃面要大煮，才煮入味）。

扬州人爱上茶馆和浴室，所谓“早晨皮包水，晚上水包皮”是也。说起茶馆，就不能不谈谈茶馆里的著名点心包饺干丝。朱先生说：扬州的小笼点心，肉馅儿的，蟹肉馅儿的，笋肉馅儿的；且不用说最可口的菜包子、菜烧卖，还有干菜包子；菜选那最嫩的，剁成泥，加一点儿糖，一点儿油，蒸得白生生的，热腾腾的，到口轻松地化下去了，留下一丝儿余味。干菜也是切碎，也是加一点儿糖和油，燥湿恰到好处，细细地咬嚼，可以嚼出一点橄榄般的回味来。烫干丝，是先将一大块方的白豆腐干，飞快地片成薄片，再切成细丝，放在小碗里，用开水一浇，干丝便熟，去了水，抟成圆锥似的，再倒上麻酱油，搁一撮虾米和笋干丝就成。四十年前，我在南京秦淮河的六朝居吃过，一碟干丝，加上小笼包饺和肴肉，这就是扬州茶馆的特色。

今日香港人士，称内地来的人，除了广东人之外，都称“上海人”。因之，称扬州菜，也便是上海菜。这真叫扬州人气煞，上海人笑煞（所谓上海馆子，包饺不错的有，肴肉道地的有，只有烫干丝不行，入口如柴秆，没味。这也是一种技艺）。九龙有一家菜馆，叫“绿杨村”，说是扬州的老馆子，翻开菜单来一看，又是川扬名菜，这可把成都人气煞了。在香港，一盘菠萝牛柳，可算是西式中菜，也可说是中式西菜，广东馆子有，川扬馆子有，北京馆子也有。在香港吃扬州菜，就是这么一回事。

选自《学人谈吃》，中国商业出版社 1991 年 2 月

风檐尝烤肉

张恨水

有人吃过北平的松柴烤肉吗？现在街头上橙黄橘绿，菊花摊子四处摆着，尝过这异味的人，就会对北平悠然神往。

据传说，松柴烤牛肉，那才是真正的北方大陆风味，吃这种东西，不但是尝那个味，还要领略那个意境。你是个士大夫阶级，当然你无法去领略。就是我在北平作客的二十年，也是最后几年，变了方法去尝的，真正吃烤肉的功架，我也是“仆病未能”。那么，是怎么个情景呢？说出来你会好笑的。

任何一条马路上，有极宽的人行路，这路总在一丈开外，在不妨碍行人的屋檐下，有些地方，是可以摆着浮摊的。这卖烤牛肉的炉灶，就是放置在这种地方。无论这炉灶属于大馆子小馆子或者饭摊儿，布置全是一样。一个高可三尺的圆炉灶，上面罩着一个铁棍罩子，北方人叫着甑（读如赠），将二三尺长的松树柴，塞到甑底下去烧。卖肉的人，将牛羊肉切成像牛皮纸那么薄，巴掌大一块（这就是艺术），用碟儿盛着，放在柜台或摊板上，当太阳黄黄儿的，斜临在街头，西北风在人头上瑟瑟吹过。松火柴在炉灶上吐着红焰，带了缭绕的青烟，横过马路。在下风头远远的嗅到一种烤肉香，于是有这嗜好的人，就情不自禁的会走了过去，叫一声："掌柜的，来两碟！"这里炉子四周，围了四条矮板凳，可不是坐着的，你要坐着，是上洋车坐车踏板，算来上等车了。你走过去，可以将长袍儿大襟一撩，把右脚踏在凳子上。店伙自会把肉送来，放在炉子木架上。另外是一碟葱白，一碗料酒酱油的掺和物。木架上有竹竿作的长棍子，长约一尺五六。你夹起碟子里的肉，向酱油料酒里面一和弄，立刻送到铁甑的火焰上去烤烙。但别忘了放葱白，去掺和着，于是肉气味、葱气味、酱油酒气味、松烟气味，融合一处，铁烙罩上吱吱作响，筷子越翻弄越香。

你要是吃烧饼，店伙会给你送一碟火烧来。你要是喝酒，店伙给你送一只杯子，一个三寸高的小锡瓶儿来，那时你左脚站在地上，右脚踏在凳上，右手拿了长筷子在甑上烤肉，左手两指夹了锡瓶嘴儿，向木架子上杯子里斟白干，一筷子熟肉送到口，接着举杯抿上一口酒，那神气就大了。"虽南面王无以易也！"

趣味还不止此，一个甑，同时可以围了六七个人吃。大家全是过路人，谁也不认识谁。可是各人在甑上占一块小地盘烤肉，有个默契的君子协定，互不侵犯。各烤各的，各吃各的。偶然交上一句话："味儿不坏！"于是作个会心的微笑。吃饱了，人喝足了，在店堂里去喝碗小米稀饭，就着盐水疙瘩，或者要个天津萝卜啃，浓腻了之后再来个清淡，其味无穷。另有个笑话，不巧，烤肉时，站在下风头，炉子里松烟，可向脸上直扑，你得时时闪开，去揉擦眼泪水儿。可是一面揉眼睛，一面夹长筷子烤肉，也有的是，那就是趣味吗！

这样说来，士大夫阶级，当然尝不到这滋味。不，顺直门里烤肉宛家的灰棚里，东安市场东来顺三层楼上，前门外正阳楼院子里，也可以烤肉吃。尤其是烤肉宛家，每到夕阳西下，喝小米稀饭的雅座里，可以搬出二三十件狐皮大衣，自然，那灰棚门口，停着许多漂亮汽车。唉！于今想来，是一场梦。

原载于1944年11月6日重庆《新民报》

第四章

人间风日清且好

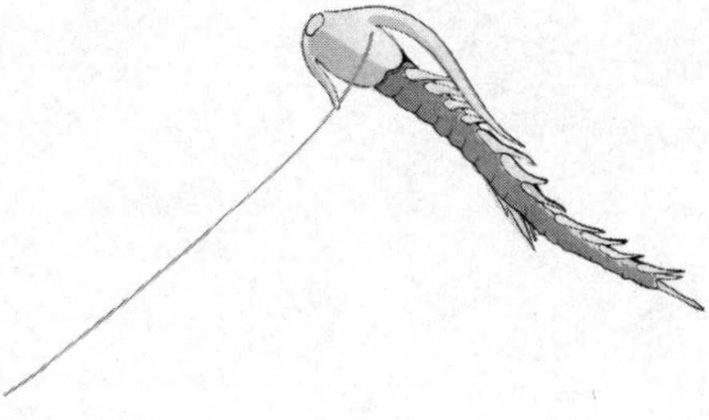

窗外的春光

庐隐

几天不曾见太阳的影子，沉闷包围了她的心。今早从梦中醒来，睁开眼，一线耀眼的阳光已映射在她红色的壁上，连忙披衣起来，走到窗前，把洒着花影的素幔拉开。前几天种的素心兰，已经开了几朵，淡绿色的瓣儿，衬了一颗朱红色的花心，风致真特别，即所谓“冰洁花丛艳小莲，红心一缕更嫣然”了。同时一股沁人心脾的幽香，喷鼻醒脑，平板的周遭，立刻涌起波动，春神的薄翼，似乎已扇动了全世界凝滞的灵魂。

说不出是喜悦，还是惆怅，但是一颗心灵涨得满满的，——莫非是满园春色关不住，——不，这连她自己都不能相信；然而仅仅是为了一些过去的眷恋，而使这颗心不能安定吧！本来人生如梦，在她过去的生活中，有多少梦影已经模糊了，就是从前曾使她惆怅过，甚至于流泪的那种情绪，现在也差不多消逝净尽，就是不曾消逝的而在她心头的意义上，也已经变了色调，那就是说从前以为严重得了不得的事，现在看来，也许仅仅只是一些幼稚的可笑罢了！

兰花的清香，又是一阵浓厚的包袭过来，几只蜜蜂嗡嗡的在花旁兜着圈子，她深切的意识到，窗外已充满了春光；同时二十年前的一个梦影，从那深埋的心底复活了：

一个仅仅十零岁的孩子，为了脾气的古怪，不被家人们的了解，于是把她送到一所囚牢似的教会学校去寄宿。那学校的校长是美国人，——一个五十岁的老处女，对于孩子们管得异常严厉，整月整年不许孩子走出那所建筑庄严的楼房外去；四围的环境又是异样的枯燥，院子是一片沙土地；在角落里时时可以发现被孩子们踏陷的深坑，坑里纵横着人体的骨骼，没有树也没有花，所以也永远听不见鸟儿的歌曲。

春风有时也许可怜孩子们的寂寞吧！在那洒过春雨的土地上，吹出一些青草来——有一种名叫“辣辣棍棍”的，那草根有些甜辣的味儿，孩子们常常伏在地上，寻找这种草根，放在口里细细的嚼咀；这可算是春给她们特别的恩惠了！

那个孤零的孩子，处在这种阴森冷漠的环境里，更是倔强，没有朋友，在她那小小的心灵中，虽然还不曾认识什么是世界，也不会给这个世界一个估价，不过她总觉得自己所处的这个世界，是有些乏味；她追求另一个世界。在一个春风吹得最起劲的时候，她的心也燃烧着更热烈的希冀，但是这所囚牢似的学校，那一对黑漆的大门仍然严严的关着，就连从门缝看看外面的世界，也只是一个梦想。于是在下课后，她独自跑到地窖里去，那是一个更森严可怕的地方，四围是石板作的墙，房顶也是冷冰冰的大石板，走进去便有一股冷气袭上来，可是在她的心里，总觉得比那死气沉沉的校舍，多少有些神秘性吧。最能引诱她当然还是那几扇矮小的窗子，因为窗子外就是一座花园。这一天她忽然看见窗前一丛蝴蝶兰和金钟罩，已经盛开了，这算给了她一个大诱惑，自从发现了这窗外的春光后，这个孤零的孩子，在她生命上，也开了一朵光明的花，她每天像一只猫儿般，只要有工夫，便蜷伏在那地窖的窗子上，默然地幻想着窗外神秘的世界。

她没有哲学家那种富有根据的想象，也没有科学家那种理智的头脑，她小小的心，只是被一种天所赋予的热情紧咬着。她觉得自己所坐着的这个地窖，就是所谓人间吧——一切都是冷硬淡漠，而那窗子外的世界却不一样了。那里一切都是美丽的，和谐的，自由的吧！她欣羡着那外面的神秘世界，于是那小小的灵魂，每每跟着春风，一同飞翔了。她觉得自己变成一只蝴蝶，在那盛开着美丽的花丛中翱翔着，有时她觉得自己是一只小鸟，直扑天空，伏在柔软的白云间甜睡着。她整日支着颐不动不响地尽量陶醉，直到夕阳逃到山背后，大地垂下黑幕时，她才怏怏地离开那灵魂的休憩地，回到陌生的校舍里去。

她每日每日照例的到地窖里来，——一直过完了整个的春天。忽然她看见蝴蝶兰残了，金钟罩也倒了头，只剩下一丛深碧的叶子，苍茂的在熏风里撼动着，那时她竟莫名其妙地流下眼泪来。

这孩子真古怪得可以，十零岁的孩子前途正远大着呢，这春老花残，绿肥红瘦，怎能惹起她那么深切的悲感呢？！但是孩子从小就是这样古怪，因此她被家人所摒弃，同时也被社会所摒弃。在她的童年里，便只能在梦境里寻求安慰和快乐，一直到她否认现实世界的一切，她终成了一个疏狂孤介的人。在她三十年的岁月里，只有这些片段的梦境，维系着她的生命。

阳光渐渐地已移到那素心兰上，这目前的窗外春光，撩拨起她童年的眷恋，她深深地叹息了："唉，多缺陷的现实的世界呵！在这春神努力地创造美丽的刹那间，你也想遮饰起你的丑恶吗？人类假使连这些梦影般的安慰也没有，我真不知道人们怎能延续他们的生命哟！"

但愿这窗外的春光，永驻人间吧！她这样虔诚地默祝着，素心兰像是解意般地向她点着头。

原载于 1934 年《人间世》第 1 期

春雨

梁遇春

整天的春雨，接着是整天的春阴，这真是世上最愉快的事情了。我向来厌恶晴朗的日子，尤其是骄阳的春天；在这个悲惨的地球上忽然来了这么一个欣欢的气象，简直像无聊赖的主人宴饮生客时拿出来的那副古怪笑脸，完全显出宇宙里的白痴成分。在所谓大好的春光之下，人们都到公园大街或者名胜地方去招摇过市，像猩猩那样嘻嘻笑着，真是得意忘形，弄到变成为四不像了。可是阴霾四布或者急雨滂沱的时候，就是最沾沾自喜的财主也会感到苦闷，因此也略带了一些人的气味，不像好天气时候那样望着阳光，盛气凌人地大踏步走着，颇有上帝在上，我得其所的意思。至于懂得人世哀怨的人们，黯淡的日子可说是他们惟一光荣的时光。苍穹替他们流泪，乌云替他们皱眉，他们觉到四围都是同情的空气，仿佛一个堕落的女子躺在母亲怀中，看见慈母一滴滴的热泪溅到自己的泪痕，真是润遍了枯萎的心田。斗室中默坐着，忆念十载相违的密友，已经走去的情人，想起生平种种的坎坷，一身经历的苦楚，倾听窗外檐前凄清的滴沥，仰观波涛浪涌，似无止期的雨云，这时一切的荆棘都化做洁净的白莲花了，好比中古时代那班圣者被残杀后所显的神迹。“最难风雨故人来”，阴森森的天气使我们更感到人世温情的可爱，替从苦雨凄风中来的朋友倒上一杯热茶时候，我们很有放下屠刀，立地成佛子的心境。“风雨如晦，鸡鸣不已”，人类真是只有从悲哀里滚出来才能得到解脱，千锤百炼，腰间才有这一把明晃晃的钢刀，“今日把似君，谁为不平事”。“山雨欲来风满楼”，这很可以象征我们孑立人间，尝尽辛酸，远望来日大难的气概，真好像思乡的客子拍着阑干，看到郭外的牛羊，想起故里的田园，怀念着宿草新坟里当年的竹马之交，泪眼里仿佛模糊辨出龙钟的父老蹒跚走着，或者只瞧见几根靠在破壁上的拐杖的影子。所谓生活术恐怕就在于怎么样当这么一个临风的征人罢。无论是风雨横来，无论是澄江一练，始终好像惦记着一个花一般的家乡，那可说就是生平理想的结晶，蕴在心头的诗情，也就是明哲保身的最后壁垒了；可是同时还能够认清眼底的江山，把住自己的步骤，不管这个异地的人们是多么残酷，不管这个他乡的水土是多么不惯，却能够清瘦地站着，戛戛然好似狂风中的老树。能够忍受，却没有麻木，能够多情，却不流于感伤，仿佛楼前的春雨，悄悄下着，遮住耀目的阳光，却滋润了百草同千花。檐前的燕子躲在巢中，对着如丝如梦的细雨呢喃，真有点像也向我道出此中的消息。

可是春雨有时也凶猛得可以，风驰电掣，从高山倾泻下来也似的，万紫千红，都付诸流水，看起来好像是煞风景的，也许是别有怀抱罢。生平性急，一二知交常常焦急万分地苦口劝我，可是暗室扪心，自信绝不是追逐事功的人，不过对于纷纷扰扰的劳生却常感到厌倦，所谓性急无非是疲累的反响罢。有时我却极有耐心，好像废殿上的玻璃瓦，一任他风吹雨打，霜蚀日晒，总是那样子痴痴地望着空旷的青天。我又好像能够在没字碑面前坐下，慢慢地去冥想这块石板的深意，简直是个蒲团已碎，呆然趺坐着的老僧。想赶快将世事了结，可以抽身到紫竹林中去逍遥，跟把世事撇在一边，大隐隐于市，就站在热闹场中来仰观天上的白云，这两种心境原来是不相矛盾的。我虽然还没有，而且绝不会跳出人海的波澜，但是拳拳之意自己也略知一二，大概摆动于焦躁与倦怠之间，总以无可奈何天为中心罢。所以我虽然爱濛濛茸茸的细雨，我也爱大刀阔斧的急雨，纷至沓来，洗去阳光，同时也洗去云雾，使我们想起也许此后永无风恬日美的光阴了，也许老是一阵一阵的暴雨，将人世哀乐的踪迹都漂到大海里去，白浪一翻，什么渣滓也看不出了。焦躁同倦怠的心境在此都得到涅槃的妙悟，整个世界就像客走后，撇下筵席，洗得顶干净，排在厨房架子上的杯盘。当个主妇的创造主看着大概也会微笑罢，觉得一天的工作总算告终了。最少我常常臆想这个还了本来面目的大地。

可是最妙的境界恐怕是尺牍里面那句滥调，所谓“春雨缠绵”罢。一连下了十几天的霉雨，好像再也不会晴了，可是时时刻刻都有晴朗的可能。有时天上现出一大片的澄蓝，雨脚也慢慢收束了，忽然间又重新点滴凄清起来，那种捉摸不到，万分别扭的神情真可以做这个哑谜一般的人生的象征。记得十几年前每当连朝春雨的时候，常常剪纸作和尚形状，把他倒贴在水缸旁边，意思是叫老天不要再下雨了，虽然看到院子里雨脚下一粒一粒新生的水泡我总觉到无限的欣欢，尤其当急急走过檐前，脖子上溅几滴雨水的时候。可是那时我对于春雨的情趣是不知不觉之间领略到的，并没有凝神去寻找，等到知道怎么样去欣赏恬适的雨声时候，我却老在干燥的此地做客，单是夏天回去，看看无聊的骤雨，过一过雨瘾罢了。因此“小楼一夜听春雨”的快乐当面错过，从我指尖上滑走了。盛年时候好梦无多，到现在彩云已散，一片白茫茫，生活不着边际，如堕五里雾中，对于春雨的怅惘只好算做内中的一小节罢，可是仿佛这一点很可以代表我整个的悲哀情绪。但是我始终喜欢冥想春雨，也许因为我对于自己的愁绪很有顾惜爱抚的意思；我常常把陶诗改过来，向自己说道：“衣沾不足惜，但愿恨无违。”我会爱凝恨也似的缠绵春雨，大概也因为自己有这种的心境罢。

原载于1932年11月1日《新月》第4卷第5号

昆明的雨

汪曾祺

宁坤要我给他画一张画，要有昆明的特点。我想了一些时候，画了一幅：右上角画了一片倒挂着的浓绿的仙人掌，末端开出一朵金黄色的花；左下画了几朵青头菌和牛肝菌。题了这样几行字：

昆明人家常于门头挂仙人掌一片以辟邪，仙人掌悬空倒挂，尚能存活开花。于此可见仙人掌生命之顽强，亦可见昆明雨季空气之湿润。雨季则有青头菌、牛肝菌，味极鲜腴。

我想念昆明的雨。

我以前不知道有所谓雨季。“雨季”，是到昆明以后才有了具体感受的。

我不记得昆明的雨季有多长，从几月到几月，好像是相当长的。但是并不使人厌烦。因为是下下停停、停停下下，不是连绵不断，下起来没完。而且并不使人气闷。我觉得昆明雨季气压不低，人很舒服。

昆明的雨季是明亮的、丰满的，使人动情的。城春草木深，孟夏草木长。昆明的雨季，是浓绿的。草木的枝叶里的水分都到了饱和状态，显示出过分的、近于夸张的旺盛。

我的那张画是写实的。我确实亲眼看见过倒挂着还能开花的仙人掌。旧日昆明人家门头上用以辟邪的多是这样一些东西：一面小镜子，周围画着八卦，下面便是一片仙人掌，——在仙人掌上扎一个洞，用麻线穿了，挂在钉子上。昆明仙人掌多，且极肥大。有些人家在菜园的周围种了一圈仙人掌以代替篱笆。——种了仙人掌，猪羊便不敢进园吃菜了。仙人掌有刺，猪和羊怕扎。

昆明菌子极多。雨季逛菜市场，随时可以看到各种菌子。最多，也最便宜的是牛肝菌。牛肝菌下来的时候，家家饭馆卖炒牛肝菌，连西南联大食堂的桌子上都可以有一碗。牛肝菌色如牛肝，滑，嫩，鲜，香，很好吃。炒牛肝菌须多放蒜，否则容易使人晕倒。青头菌比牛肝菌略贵。这种菌子炒熟了也还是浅绿色的，格调比牛肝菌高。菌中之王是鸡枞，味道鲜浓，无可方比。鸡枞是名贵的山珍，但并不真的贵得惊人。一盘红烧鸡枞的价钱和一碗黄焖鸡不相上下，因为这东西在云南并不难得。有一个笑话：有人从昆明坐火车到呈贡，在车上看到地上有一棵鸡枞，他跳下去把鸡枞捡了，紧赶两步，还能爬上火车。这笑话用意在说明昆明到呈贡的火车之慢，但也说明鸡枞随处可见。有一种菌子，中吃不中看，叫做干巴菌。乍一看那样子，真叫人怀疑：这种东西也能吃？！颜色深褐带绿，有点像一堆半干的牛粪或一个被踩破了的马蜂窝。里头还有许多草茎、松毛，乱七八糟！可是下点功夫，把草茎、松毛择净，撕成蟹腿肉粗细的丝，和青辣椒同炒，入口便会使你张目结舌：这东西这么好吃？！还有一种菌子，中看不中吃，叫鸡油菌。都是一般大小，有一块银圆那样大，滴溜儿圆，颜色浅黄，恰似鸡油一样。这种菌子只有做菜时配色用，没甚味道。

雨季的果子，是杨梅。卖杨梅的都是苗族女孩子，戴一顶小花帽子，穿着扳尖的绣了满帮花的鞋，坐在人家阶石的一角，不时吆喝一声："卖杨梅——"声音娇娇的。她们的声音使得昆明雨季的空气更加柔和了。昆明的杨梅很大，有一个乒乓球那样大，颜色黑红黑红的，叫做"火炭梅"。这个名字起得真好，真是像一球烧得炽红的火炭！一点都不酸！我吃过苏州洞庭山的杨梅、井冈山的杨梅，好像都比不上昆明的火炭梅。

雨季的花是缅桂花。缅桂花即白兰花，北京叫做"把儿兰"（这个名字真不好听）。云南把这种花叫做缅桂花，可能最初这种花是从缅甸传入的，而花的香味又有点像桂花，其实这跟桂花实在没有什么关系。——不过话又说回来，别处叫它白兰、把儿兰，它和兰花也挨不上呀，也不过是因为它很香，香得像兰花。我在家乡看到的白兰多是一人高，昆明的缅桂是大树！我在若园巷二号住过，院里有一棵大缅桂，密密的叶子，把四周房间都映绿了。缅桂盛开的时候，房东（是一个五十多岁的寡妇）就和她的一个养女，搭了梯子上去摘，每天要摘下来好些，拿到花市上去卖。她大概是怕房客们乱摘她的花，时常给各家送去一些。有时送来一个七寸盘子，里面摆得满满的缅桂花！带着雨珠的缅桂花使我的心软软的，不是怀人，不是思乡。

雨，有时是会引起人一点淡淡的乡愁的。李商隐的《夜雨寄北》是为许多久客的游子而写的。我有一天在积雨少住的早晨和德熙从联大新校舍到莲花池去。看了池里的满池清水，看了着比丘尼装的陈圆圆的石像（传说陈圆圆随吴三桂到云南后出家，暮年投莲花池而死），雨又下起来了。莲花池边有一条小街，有一个小酒店，我们走进去，要了一碟猪头肉，半斤市酒（装在上了绿釉的土瓷杯里），坐了下来。雨下大了。酒店有几只鸡，都把脑袋反插在翅膀下面，一只脚着地，一动也不动地在檐下站着。酒店院子里有一架大木香花。昆明木香花很多。有的小河沿岸都是木香。但是这样大的木香却不多见。一棵木香，爬在架上，把院子遮得严严的。密匝匝的细碎的绿叶，数不清的半开的白花和饱涨的花骨朵，都被雨水淋得湿透了。我们走不了，就这样一直坐到午后。四十年后，我还忘不了那天的情味，写了一首诗：

莲花池外少行人，
野店苔痕一寸深。

浊酒一杯天过午，
木香花湿雨沉沉。

我想念昆明的雨。

原载于1984年《北京文学》第10期

雪

鲁彦

美丽的雪花飞舞起来了。我已经有三年不曾见着它。

去年在福建，仿佛比现在更迟一点，也曾见过雪。但那是远处山顶的积雪，可不是飞舞着的雪花。在平原上，它只是偶然的随着雨点洒下来几颗。没有落到地面的时候，它的颜色是灰的，不是白色；它的重量像是雨点，并不会飞舞。一到地面，它立刻融成了水，没有痕迹，也未尝跳跃，也未尝发出悉率的声音，像江浙一带下雪子时的模样。这样的雪，在四十年来第一次看见它的老年的福建人，诚然能感到特别的意味，谈得津津有味，但在我，却总觉得索然。“福建下过雪”，我可没有这样想过。

我喜欢眼前飞舞着的上海的雪花。它才是“雪白”的白色，也才是花一样的美丽。它好像比空气还轻，并不从半空里落下来，而是被空气从地面卷起来的。然而它又像是活的生物，像夏天黄昏时候的成市的蚊蚋，像春天流蜜时期的蜜蜂，它的忙碌的飞翔，或上或下，或快或慢，或黏着人身，或拥入窗隙，仿佛自有它自己的意志和目的。它静默无声。但在它飞舞的时候，我们似乎听见了千百万人马的呼号和脚步声，大海的汹涌的波涛声，森林的狂吼声，有时又似乎听见了情人的切切的密语声，礼拜堂的平静的晚祷声，花园里的欢乐的鸟歌声……它所带来的是阴沉与严寒。但在它的飞舞的姿态中，我们看见了慈善的母亲，柔和的情人，活泼的孩子，微笑的花，温暖的太阳，静默的晚霞，……它没有气息。但当它扑到我们面上的时候，我们似乎闻到了旷野间鲜洁的空气的气息，山谷中幽雅的兰花的气息，花园里浓郁的玫瑰的气息，清淡的茉莉花的气息……在白天，它做出千百种婀娜的姿态；夜间，它发出银色的光辉，照耀着我们行路的人，又在我们的玻璃窗上扎扎地绘就了各式各样的花卉和树木，斜的，直的，弯的，倒的。还有那河流，那天上的云……

现在，美丽的雪花飞舞了。我喜欢，我已经有三年不曾见着它。我的喜欢有如四十年来第一次看见它的老年的福建人。但是，和老年的福建人一样，我回想着过去下雪时候的生活，现在的喜悦就像这钻进窗隙落到我桌上的雪花似的，渐渐融化，而且立刻消失了。

记得某年在北京，一个朋友的寓所里，围着火炉，煮着全中国最好的白菜和面，喝着酒，剥着花生，谈笑得几乎忘记了身在异乡；吃得满面通红，两个人一路唱着，一路踏着吱吱地叫着的雪，踉跄地从东长街的起头踱到西长街的尽头，又忘记了正是异乡最寒冷的时候。这样的生活，和今天的一比，不禁使我感到惘然。上海的朋友们都像是工厂里的机器，忙碌得没有一刻休息；而在下雪的今天，他们又叫我一个人看守着永不会有人或电话来访问的房子。这是多么孤单，寂寞，乏味的生活呵。

“Senencajo（没有意思）！”我听见过去的我对今天的我这样说了。正像我在福建的时候，对四十年来第一次看见雪的老年的福建人所说的一样。

但是，另一个我出现了。他是足以对着过去在北京的我射出骄傲的眼光来的我。这个我，某年在南京下雪的时候，曾经有过更快活的生活：雪落得很厚，盖住了一切的田野和道路。我和我的爱人在一片荒野中走着。我们辨别不出路径来，也并没有终止的目的。我们只让我们的脚欢喜怎样就怎样。我们的脚常常欢喜踏在最深的沟里。我们未尝感到这是旷野，这是下雪的时节。我们仿佛是在花园里，路是平坦的，而且是柔软的。我们未尝觉得一点寒冷，因为我们的心是热的。

“Senencajo！”我听见在南京的我对在北京的我这样说了。正像在北京的我对着今天的我所说的一样，也正像在福建的我对着四十年来第一次看见雪的老年的福建人所说的一样。

然而，我还有一个更可骄傲的我在呢。这个我，是有过更快乐的生活的，在故乡：冬天的早晨，当我从被窝里伸出头来，感觉到特别的寒冷，隔着蚊帐望见天窗特别的阴暗，我就首先知道外面下了雪了。“雪落啦白洋洋，老虎拖娘娘，……”这是我躺在被窝里反复地唱着的欢迎雪的歌。别的早晨，照例是母亲和姊姊先起床，等她们煮熟了饭，拿了火炉来，代我烘暖了衣裤鞋袜，才肯钻出被窝，但在下雪天，我有了最大的勇气。我不需要火炉，雪就是我的火炉。我把它捻成了团，捧着，丢着。我把它堆成了一个和尚，在它的口里，插上一支香烟。我把它当作糖，放在口里。地上的厚的积雪，是我的地毡，我在它上面打着滚，翻着筋斗。它在我的底下发出嗤嗤的笑声，我在它上面哈哈地回答着。我的心是和它合一的。我和它一样的柔和，和它一样的洁白。我同它到处跳跃，我同它到处飞跑着。我站在屋外，我愿意它把我造成一个雪和尚。我躺在地上，愿意它像母亲似的在我身上盖下柔软的美丽的被窝。我愿意随着它在空中飞舞。我愿意随着它骑在人的肩上。我愿意雪就是我，我就是雪。我年轻。我有勇气。我有最宝贵的生命的力。我不知道忧虑，不知道苦恼和悲哀……

“Senencajo！Vi maljunulo（你这老年人）！”我听见幼年的我对着过去的那些我这样说了。正如过去的那些我骄傲地对别个所说的一样。

不错，一切的雪天的生活和幼年的雪天的生活一比，过去的和现在的喜悦是像这钻进窗隙落到我桌上的雪花一样，渐渐融化，而且立刻消失了。

然而对着这时穿着一袭破单衣，站在屋角里发抖的或竟至于僵死在雪地上的穷人，则我的幼年时候快乐的雪天生活的意义，又如何呢？这个他对着这个我，不也在说着“Senencajo”的话吗？

而这个死有完肤的他，对着这时正在零度以下的长城下，捧着冻结了的机关枪，即将被炮弹打成雪片似的兵士，则其意义又将怎样呢？“Senencajo！”这句话，该是谁说呢？

天呵，我不能再想了。人间的欢乐无平衡，人间的苦恼亦无边限。世界无终极之点，人类亦无末日之时。我既生为今日的我，为什么要追求或留恋今日的我以外的我呢？今日的我，虽说是寂寞地孤单地看守着永没有人或电话来访问的房子，但既可以安逸地躲在房子里烤着火，避免风雪的寒冷；又可以隔着玻窗，诗人一般的静默地鉴赏着雪花飞舞的美的世界，不也是足以自满的我吗？

抓住现实。只有现实是最宝贵的。

眼前雪花飞舞着的世界，就是最现实的现实。

看呵！美丽的雪花飞舞着呢。这就是我三年来相思着而不能见到的雪花。

选自《驴子和骡子》，生活书店 1934 年 12 月

春底林野

许地山

春光在万山环抱里，更是泄漏得迟。那里的桃花还是开着；漫游的薄云从这峰飞过那峰，有时稍停一会，为的是挡住太阳，教地面的花草在它的荫下避避光焰的威吓。

岩下的荫处和山溪的旁边长满了薇蕨和其他凤尾草。红、黄、蓝、紫的小草花点缀在绿茵上头。

天中的云雀，林中的金莺，都鼓起它们的舌簧。轻风把它们的声音挤成一片，分送给山中各样有耳无耳的生物。桃花听得入神，禁不住落了几点粉泪，一片一片凝在地上。小草花听得大醉，也和着声音的节拍一会倒，一会起，没有镇定的时候。

林下一班孩子正在那里捡桃花的落瓣哪。他们捡着，清儿忽嚷起来，道："嗄，邕邕来了！"众孩子住了手，都向桃林的尽头盼望。果然邕邕也在那里摘草花。

清儿道："我们今天可要试试阿桐的本领了。若是他能办得到。

我们都把花瓣穿成一串瓔珞围在他身上，封他为大哥如何？”

众人都答应了。

阿桐走到邕邕面前，道：“我们正等着你来呢。”

阿桐的左手盘在邕邕的脖上，一面走一面说：“今天他们要替你办嫁妆，教你做我的妻子。你能做我的妻子么？”

邕邕狠视了阿桐一下，回头用手推开他，不许他的手再搭在自己脖上。孩子们都笑得支持不住了。

众孩子嚷道：“我们见过邕邕用手推人了！阿桐赢了！”

邕邕从来不会拒绝人，阿桐怎能知道一说那话，就能使她动手呢？是春光的荡漾，把他这种心思泛出来呢？或者，天地之心就是这样呢？

你且看：漫游的薄云还是从这峰飞过那峰。

你且听：云雀和金莺的歌声还布满了空中和林中。在这万山环抱的桃林中，除那班爱闹的孩子以外，万物把春光领略得心眼都迷蒙了。

原载于1922年5月《小说月报》第13卷5号

钓台的春昼

郁达夫

因为近在咫尺，以为什么时候要去就可以去，我们对于本乡本土的名区胜景，反而往往没有机会去玩，或不容易下一个决心去玩的。正唯其是如此，我对于富春江上的严陵，二十年来，心里虽每在记着，但脚却没有向这一方面走过。一九三一，岁在辛未，暮春三月，春服未成，而中央党帝，似乎又想玩一个秦始皇所玩过的把戏了，我接到了警告，就仓皇离去了寓居。先在江浙附近的穷乡里，游息了几天，偶尔看见了一家扫墓的行舟，乡愁一动，就定下了归计。绕了一个大弯，赶到故乡，却正好还在清明寒食的节前。和家人等去上了几处坟，与许久不曾见过面的亲戚朋友，来往热闹了几天，一种乡居的倦怠，忽而袭上心来了，于是乎我就决心上钓台访一访严子陵的幽居。

钓台去桐庐县城二十余里，桐庐去富阳县治九十里不足，自富阳溯江而上，坐小火轮三小时可达桐庐，再上则须坐帆船了。

我去的那一天，记得是阴晴欲雨的养花天，并且系坐晚班轮去的，船到桐庐，已经是灯火微明的黄昏时候了，不得已就只得在码头近边的一家旅馆的楼上借了一宵宿。

桐庐县城，大约有三里路长，三千多烟灶，一二万居民，地在富春江西北岸，从前是皖浙交通的要道，现在杭江铁路一开，似乎没有一二十年前的繁华热闹了。尤其要使旅客感到萧条的，却是桐君山脚下的那一队花船的失去了踪影。说起桐君山，却是桐庐县的一个接近城市的灵山胜地，山虽不高，但因有仙，自然是灵了。以形势来论，这桐君山，也的确是可以产生出许多口音生硬，别具风韵的桐严嫂来的生龙活脉。地处在桐溪东岸，正当桐溪和富春江合流之所，依依一水，西岸便瞰视着桐庐县市的人家烟树。南面对江，便是十里长洲；唐诗人方干的故居，就在这十里桐洲九里花的花田深处。向西越过桐庐县城，更遥遥对着一排高低不定的青峦，这就是富春山的山子山孙了。东北面山下，是一片桑麻沃地，有一条长蛇似的官道，隐而复现，出没盘曲在桃花杨柳洋槐榆树的中间，绕过一支小岭，便是富阳县的境界，大约去程明道的墓地程坟，总也不过一二十里地的间隔。我的去拜谒桐君，瞻仰道观，就在那一天到桐庐的晚上，是淡云微月，正在作雨的时候。

鱼梁渡头，因为夜渡无人，渡船停在东岸的桐君山下。我从旅馆踱了出来，先在离轮埠不远的渡口停立了几分钟。后来向一位来渡口洗夜饭米的少妇，躬身请问了一回，才得到了渡江的秘诀。她说："你只须高喊两三声，船自会来的。"先谢了她教我的好意，然后以两手围成了播音的喇叭，“喂，喂，渡船请摇过来！”地纵声一喊，果然在半江的黑影当中，船身摇动了。渐摇渐近，五分钟后，我在渡口，却终于听出了咿呀柔橹的声音。时间似乎已经入了酉时的下刻，小市里的群众，这时候都已经静息，自从渡口的那位少妇，在微茫的夜色里，藏去了她那张白团团的面影之后，我独立在江边，不知不觉心里头却兀自感到了一种他乡日暮的悲哀。渡船到岸，船头上起了几声微微的水浪清音，又铜东的一响，我早已跳上了船，渡船也已经掉过头来了。坐在黑影沉沉的舱里，我起先只在静听着柔橹划水的声音，然后却在黑影里看出了一星船家在吸着的长烟管头上的烟火，最后因为被沉默压迫不过，我只好开口说话了：“船家！你这样渡我过去，该给你几个船钱？”我问。“随你先生把几个就是。”船家说话冗慢幽长，似乎已经带着些睡意了，我就向袋里摸出了两角钱来。“这两角钱，就算是我的渡船钱，请你候我一会，上山去烧一次夜香，我是依旧要渡过江来的。”船家的回答，只是恩恩乌乌，幽幽同牛叫似的一种鼻音，然而从继这鼻音而起的两三声轻快的咳声听来，他却似已经在感到满足了，因为我也知道，乡间的义渡，船钱最多也不过是两三枚铜子而已。

到了桐君山下，在山影和树影交掩着的崎岖道上，我上岸走不上几步，就被一块乱石绊倒，滑跌了一次。船家似乎也动了恻隐之心了，一句话也不发，跑将上来，他却突然交给了我一盒火柴。我于感谢了一番他的盛意之后，重整步武，再摸上山去，先是必须点一支火柴走三五步路的，但到得半山，路既就了规律，而微云堆里的半规月色，也朦胧地现出一痕银线来了，所以手里还存着的半盒火柴，就被我藏入了袋里。

路是从山的西北，盘曲而上，渐走渐高，半山一到，天也开朗了一点，桐庐县市上的灯火，也星星可数了。更纵目向江心望去，富春江两岸的船上和桐溪合流口停泊着的船尾船头，也看得出一点一点的火来。走过半山，桐君观里的晚祷钟鼓，似乎还没有息尽，耳朵里仿佛听见了几丝木鱼钲钹的残声。走上山顶，先在半途遇着了一道道观外围的女墙，这女墙的栅门，却已经掩上了。在栅门外徘徊了一刻，觉得已经到了此门而不进去，终于是不能满足我这一次暗夜冒险的好奇怪癖的。所以细想了几次，还是决心进去，非进去不可，轻轻用手往里面一推，栅门却呀的一声，早已退向了后方开开了，这门原来是虚掩在那里的。进了栅门，踏着为淡月所映照的石砌平路，向东向南的前走了五六十步，居然走到了道观的大门之外，这两扇朱红漆的大门，不消说是紧闭在那里的。到了此地，我却不想再破门进去了。因为这大门是朝南向着大江开的，门外头是一条一丈来宽的石砌步道，步道的一旁是道观的墙，一旁便是山坡，靠山坡的一面，并且还有一道二尺来高的石墙筑在那里，大约是代替栏杆，防人倾跌下山去的用意。石墙之上，铺的是二三尺宽的青石，在这似石栏又似石凳的墙上，尽可以坐卧游息，饱看桐江和对岸的风景，就是在这里坐它一晚，也很可以，我又何必去打开门来，惊起那些老道的噩梦呢？

空旷的天空里，流涨着的只是些灰白的云，云层缺处，原也看得出半角的天，和一点两点的星，但看起来最饶风趣的，却仍是欲藏还露，将见仍无的那半规月影。这时候江面上似乎起了风，云脚的迁移，更来得迅速了，而低头向江心一看，几多散乱着的船里的灯光，也忽明忽灭地变换了一变换位置。

这道观大门外的景色，真神奇极了。我当十几年前，在放浪的游程里，曾向瓜州京口一带，消磨过不少的时日。那时觉得果然名不虚传的，确是甘露寺外的江山，而现在到了桐庐，昏夜上这桐君山来一看，又觉得这江山的秀而且静，风景的整而不散，却非那天下第一江山的北固山所可与比拟的了。真也难怪得严子陵，难怪得戴征士，倘使我能在这样的地方结屋读书，颐养天年，那还要什么的高官厚禄，还要什么的浮名虚誉哩？一个人在这桐君观前的石凳上，看看山，看看水，看看城中的灯火和天上的星云，更做做浩无边际的无聊的幻梦，我竟忘记了时刻，忘记了自身，直等到隔江的击柝声传来，向西一看，忽而觉得城中的灯影微茫地减了，才跑也似的走下了山来，渡江奔回了客舍。

第二日侵晨，觉得昨天在桐君观前做过的残梦正还没有续完的时候，窗外面忽而传来了一阵吹角的声音。好梦虽被打破，但因这同吹筚篥似的商音哀咽，却很含着些荒凉的古意，并且晓风残月，杨柳岸边，也正好候船待发，上严陵去；所以心里虽怀着了些儿怨恨，但脸上却只现出了一痕微笑，起来梳洗更衣，叫茶房去雇船去。雇好了一只双桨的渔舟，买就了些酒菜鱼米，就在旅馆前面的码头上上了船。轻轻向江心摇出去的时候，东方的云幕中间，已现出了几丝红晕，有八点多钟了。舟师急得厉害，只在埋怨旅馆的茶房，为什么昨晚不预先告诉，好早一点出发。因为此去就是七里滩头，无风七里，有风七十里，上钓台去玩一趟回来，路程虽则有限，但这几日风雨无常，说不定要走夜路，才回来得了的。

过了桐庐，江心狭窄，浅滩果然多起来了。路上遇着的来往的行舟，数目也是很少，因为早晨吹的角，就是往建德去的快班船的信号，快班船一开，来往于两岸之间的船就不十分多了。两岸全是青青的山，中间是一条清浅的水，有时候过一个沙洲，洲上的桃花菜花，还有许多不晓得名字的白色的花，正在喧闹着春暮，吸引着蜂蝶。我在船头上一口一口的喝着严东关的药酒，指东话西地问着船家，这是什么山，那是什么港，惊叹了半天，称颂了半天，人也觉得倦了，不晓得什么时候，身子却走上了一家水边的酒楼，在和数年不见的几位已经做了党官的朋友高谈阔论。谈论之余，还背诵了一首两三年前曾在同一的情形之下做成的歪诗：

不是尊前爱惜身，佯狂难免假成真。
曾因酒醉鞭名马，生怕情多累美人。
劫数东南天作孽，鸡鸣风雨海扬尘。
悲歌痛哭终何补，义士纷纷说帝秦。

直到盛筵将散，我酒也不想再喝了，和几位朋友闹得心里各自难堪，连对旁边坐着的两位陪酒的名花都不愿意开口。正在这上下不得的苦闷关头，船家却大声地叫了起来说：

“先生，罗芷过了，钓台就在前面，你醒醒罢，好上山去烧饭吃去。”

擦擦眼睛，整了一整衣服，抬起头来一看，四面的水光山色又忽而变了样子了。清清的一条浅水，比前又窄了几分，四围的山包得格外的紧了，仿佛是前无去路的样子。并且山容峻削，看去觉得格外的瘦格外的高。向天上地下四围看看，只寂寂的看不见一个人类。双桨的摇响，到此似乎也不敢放肆了，钩的一声过后，要好半天才来一个幽幽的回响，静，静，静，身边水上，山下岩头，只沉浸着太古的静，死灭的静，山峡里连飞鸟的影子也看不见半只。前面的所谓钓台山上，只看得见两大个石垒，一间歪斜的亭子，许多纵横芜杂的草木。山腰里的那座祠堂，也只露着些废垣残瓦，屋上面连炊烟都没有一丝半缕，像是好久好久没有人住了的样子。并且天气又来得阴森，早晨曾经露一露脸过的太阳，这时候早已深藏在云堆里了，余下来的只是时有时无从侧面吹来的阴飕飕的半箭儿山风。船靠了山脚，跟着前面背着酒菜鱼米的船夫走上严先生祠堂的时候，我心里真有点害怕，怕在这荒山里要遇见一个干枯苍老得同丝瓜筋似的严先生的鬼魂。

在祠堂西院的客厅里坐定，和严先生的不知第几代的裔孙谈了几句关于年岁水旱的话后，我的心跳也渐渐儿的镇静下去了，嘱托了他以煮饭烧菜的杂务，我和船家就从断碑乱石中间爬上了钓台。

东西两石垒，高各有二三百尺，离江面约两里来远，东西台相去只有一二百步，但其间却夹着一条深谷。立在东台，可以看得出罗芷的人家，回头展望来路，风景似乎散漫一点，而一上谢氏的西台，向西望去，则幽谷里的清景，却绝对的不像是在人间了。我虽则没有到过瑞士，但到了西台，朝西一看，立时就想起了曾在照片上看见过的威廉·退尔的祠堂。这四山的幽静，这江水的青蓝，简直同在画片上的珂罗版色彩，一色也没有两样，所不同的就是在这儿的变化更多一点，周围的环境更芜杂不整齐一点而已，但这却是好处，这正是足以代表东方民族性的颓废荒凉的美。

从钓台下来，回到严先生的祠堂——记得这是洪杨以后严州知府戴槃重建的祠堂——西院里饱啖了一顿酒肉，我觉得有点酩酊微醉了。手拿着以火柴柄制成的牙签，走到东面供着严先生神像的龛前，向四面的破壁上一看，翠墨淋漓，题在那里的，竟多是些俗而不雅的过路高官的手笔。最后到了南面的一块白墙头上，在离屋檐不远的一角高处，却看到了我们的一位新近去世的同乡夏灵峰先生的四句似邵尧夫而又略带感慨的诗句。夏灵峰先生虽则只知崇古，不善处今，但是五十年来，像他那样的顽固自尊的亡清遗老，也的确是没有第二个人。比较起现在的那些官迷的南满尚书和东洋宦婢来，他的经术言行，姑且不必去论它，就是以骨头来称称，我想也要比什么罗三郎郑太郎辈，重到好几百倍。

慕贤的心一动，熏人臭技自然是难熬了，堆起了几张桌椅，借得了一支破笔，我也向高墙上在夏灵峰先生的脚后放上了一个陈屁，就是在船舱的梦里，也曾微吟过的那一首歪诗。

从墙头上跳将下来，又向龛前天井去走了一圈，觉得酒后的干喉，有点渴痒了，所以就又走回到了西院，静坐着喝了两碗清茶。在这四大无声，只听见我自己的啾啾喝水的舌音冲击到那座破院的败壁上去的寂静中间，同惊雷似的一响，院后的竹园里却忽而飞出了一声闲长而又有节奏似的鸡啼的声来。同时在门外面歇着的船家，也走进了院门，高声的对我说：

“先生，我们回去罢，已经是吃点心的时候了，你不听见那只鸡在后山啼么？我们回去罢！”

原载于1932年9月16日《论语》第1期

扬州的夏日

朱自清

扬州从隋炀帝以来，是诗人文士所称道的地方；称道得多了，称道得久了，一般人便也随声附和起来。直到现在，你若向人提起扬州这个名字，他会点头或摇头说："好地方！好地方！"特别是没去过扬州而念过些唐诗的人，在他心里，扬州真像蜃楼海市一般美丽；他若念过《扬州画舫录》一类书，那更了不得了。但在一个久住扬州像我的人，他却没有那么多美丽的幻想，他的憎恶也许掩住了他的爱好；他也许离开了三四年并不去想它。若是想呢，——你说他想什么？女人；不错，这似乎也有名，但怕不是现在的女人罢？——他只会想着扬州的夏日，虽然与女人仍然不无关系的。

北方和南方一个大不同，在我看，就是北方无水而南方有。诚然，北方今年大雨，永定河大清河甚至决了堤防，但这并不能算是有水；北平的三海和颐和园虽然有点儿水，但太平衍了，一览而尽，船又那么笨头笨脑的。有水的仍然是南方。扬州的夏日，好处大半便在水上——有人称为“瘦西湖”，这个名字真是太“瘦”了，假西湖之名以行，“雅得这样俗”，老实说，我是不喜欢的。下船的地方便是护城河，曼衍开去，曲曲折折，直到平山堂，——这是你们熟悉的名字——有七八里河道，还有许多杈杈椏椏的支流。这条河其实也没有顶大的好处，只是曲折而有些幽静，和别处不同。

沿河最著名的风景是小金山，法海寺，五亭桥；最远的便是平山堂了。金山你们是知道的，小金山却在水中央。在那里望水最好，看月自然也不错——可是我还不曾有过那样福气。“下河”的人十之八九是到这儿的，人不免太多些。法海寺有一个塔，和北海的一样，据说是乾隆皇帝下江南，盐商们连夜督促匠人造成的。法海寺著名的自然是这个塔；但还有一桩，你们猜不着，是红烧猪头。夏天吃红烧猪头，在理论上也许不甚相宜；可是在实际上，挥汗吃着，倒也不坏的。五亭桥如名所示，是五个亭子的桥。桥是拱形，中一亭最高，两边四亭，参差相称；最宜远看，或看影子，也好。桥洞颇多，乘小船穿来穿去，另有风味。平山堂在蜀冈上。登堂可见江南诸山淡淡的轮廓；“山色有无中”一句话，我看是恰到好处，并不算错。这里游人较少，闲坐在堂上，可以永日。沿路光景，也以闲寂胜。从天宁门或北门下船，蜿蜒的城墙，在水里倒映着苍黝的影子，小船悠然地撑过去，岸上的喧扰像没有似的。

船有三种：大船专供宴游之用，可以挟妓或打牌。小时候常跟了父亲去，在船里听着谋得利洋行的唱片。现在这样乘船的大概少了罢？其次是“小划子”，真像一瓣西瓜，由一个男人或女人用竹篙撑着。乘的人多了，便可雇两只，前后用小凳子跨着：这也可算得“方舟”了。后来又有一种“洋划”，比大船小，比“小划子”大，上支布篷，可以遮日遮雨。“洋划”渐渐地多，大船渐渐地少，然而“小划子”总是有人要的。这不独因为价钱最贱，也因为它的伶俐。一个人坐在船中，让一个人在船尾上用竹篙一下一下地撑着，简直是一首唐诗，或一幅山水画。而有些好事的少年，愿意自己撑船，也非“小划子”不行。“小划子”虽然便宜，却也有些分别。譬如说，你们也可想到的，女人撑船总要贵些；姑娘撑的自然更要贵啰。这些撑船的女子，便是有人说过的“瘦西湖上的船娘”。船娘们的故事大概不少，但我不很知道。据说以乱头粗服，风趣天然为胜；中年而有风趣，也仍然算好。可是起初原是逢场作戏，或尚不伤廉惠；以后居然有了价格，便觉意味索然了。

北门外一带，叫做下街，茶馆最多，往往一面临河。船行过时，茶客与乘客可以随便招呼说话。船上人若高兴时，也可以向茶馆中要一壶茶，或一两种“小笼点心”，在河中喝着，吃着，谈着。回来时再将茶壶和所谓小笼，连价款一并交给茶馆中人。撑船的都与茶馆相熟，他们不怕你白吃。扬州的小笼点心实在不错：我离开扬州，也走过七八处大大小小的地方，还没有吃过那样好的点心；这其实是值得惦记的。茶馆的地方大致总好，名字也颇有好的，如得影廊，绿杨村，红叶山庄，都是到现在还记得的。绿杨村的幌子，挂在绿杨树上，随风飘展，使人想起“绿杨城郭是扬州”的名句。里面还有小池，丛竹，茅亭，景物最幽。这一带的茶馆布置都历落有致，迥非上海北平方方正正的茶楼可比。

“下河”总是下午。傍晚回来，在暮霭朦胧中上了岸，将大褂折好搭在腕上，一手微微摇着扇子；这样进了北门或天宁门走回家中。这时候可以念“又得浮生半日闲”那一句诗了。

原载于1929年12月11日《白华旬刊》第4期

第五章

路过人间的小生灵

小动物们

老舍

鸟兽们自由的生活着，未必比被人豢养着更快乐。据调查鸟类生活的专门家说，鸟啼绝不是为使人爱听，更不是以歌唱自娱，而是占据猎取食物的地盘的示威；鸟类的生活是非常的艰苦。兽类的互相残食是更显然的。这样，看见笼中的鸟，或柙中的虎，而替它们伤心，实在可以不必。可是，也似乎不必替它们高兴；被人养着，也未尽舒服。生命仿佛是老在魔鬼与荒海的夹缝儿，怎样也不好。

我很爱小动物们。我的“爱”只是我自己觉得如此；到底对被爱的有什么好处，不敢说。它们是这样受我的恩养好呢，还是自由的活着好呢？也不敢说。把养小动物们看成一种事实，我才敢说些关于它们的话。下面的述说，那么，只是为述说而述说。

先说鸽子。我的幼时，家中很贫。说出“贫”来，为是声明我并养不起鸽子；鸽子是种费钱的活玩艺儿。可是，我的两位姐丈都喜欢玩鸽子，所以我知道其中的一点儿故典。我没事儿就到两家去看鸽，也不短随着姐丈们到鸽市去玩；他们都比我大着二十多岁。我的经验既是这样来的，而且是幼时的事，恐怕说得不能很完全了；有好多鸽子名已想不起来了。

鸽的名样很多。以颜色说，大概应以灰、白、黑、紫为基本色儿。可是全灰全白全黑全紫的并不值钱。全灰的是楼鸽，院中撒些米就会来一群；物是以缺者为贵，楼鸽太普罗。有一种比楼鸽小，灰色也浅一些的，才是真正的“灰”；但也并不很贵重。全白的，大概就叫“白”吧，我记不清了。全黑的叫黑儿，全紫的叫紫箭，也叫猪血。

猪血们因为羽色单调，所以不值钱，这就容易想到值钱的必是杂色的。杂色的种类多极了，就我所知道的——并且为清楚起见——可以分作下列的四大类：点子、乌、环、玉翅。点子是白身腔，只在头上有手指肚大的一块黑，或紫；尾是随着头上那个点儿，黑或紫。这叫作黑点子和紫点子。乌与点子相近，不过是头上的黑或紫延长到肩与胸部。这叫黑乌或紫乌。这种又有黑翅的或紫翅的，名铁翅乌或铜翅乌——这比单是乌又贵重一些。还有一种，只有黑头或紫头，而尾是白的，叫作黑乌头或紫乌头；比乌的价钱要贱一些。刚才说过了，乌的头部的黑或紫毛是后齐肩，前及胸的。假若黑或紫毛只是由头顶到肩部，而前面仍是白的，这便叫作老虎帽，因为很像廿年前通行的风帽；这种确是非常的好看，因而价值也就很高。在民国初年，兴了一阵子蓝乌和蓝乌头，头尾如乌，而是灰蓝色儿的。这种并不好看，出了一阵子锋头也就拉倒了。

环，简单的很：全白而项上有一黑圈者叫墨环；反之，全黑而项上有白圈者是玉环。此外有紫环，全白而项上有一紫环。“环”这种鸽似乎永远不大高贵。大概可以这么说，白尾的鸽是不易与黑尾或紫尾的相抗，因为白尾的飞起来不大美。

玉翅是白翅边的。全灰而有两白翅是灰玉翅；还有黑玉翅、紫玉翅。所谓白翅，有个讲究：翅上的白翎是左七右八。能够这样，飞起来才正好，白边儿不过宽，也不过窄。能生成就这样的，自然很少，所以鸽贩常常作假，硬插上一两根，或拔去些，是常有的事。这类中又有变种：玉翅而有白尾的，比如一只黑鸽而有左七右八的白翅翎，同时又是白尾，便叫作三块玉。灰的、紫的，也能这样。要是连头也是白的呢便叫作四块玉了。四块玉是较比有些价值的。

在这四大类之外，还有许多杂色的鸽。如鹤袖，如麻背，都有些价值，可不怎么十分名贵。在北平，差不多是以上述的四大类为主。新种随时有，也能时兴一阵，可都不如这四类重要与长远。

就这四大类说，紫的老比别的颜色高贵。紫色儿不容易长到好处，太深了就遭猪血之诮，太浅了又黄不唧的寒酸。况且还容易长“花了”呢，特别是在尾巴上，翎的末端往往露出白来，像一块癣似的，把个尾巴就毁了。

紫以下便是黑，其次为灰。可是灰色如只是一点，如灰头、灰环，便又可贵了。

这些鸽中，以点子和乌为“古典的”。它们的价值似乎永远不变，虽然普通，可是老是鸽群之主。这么说吧，飞起四十只鸽，其中有过半的点子和乌，而杂以别种，便好看。反之，则不好看。要是这四十只都是点子，或都是乌，或点子与乌，便能有顶好的阵容。你几乎不能飞四十只环或玉翅。想想看吧：点子是全身雪白，而有个黑或紫的尾，飞起来像一群玲珑的白鸥；及至一翻身呢，那黑或紫的尾给这轻洁的白衣一个色彩深厚的裙儿，既轻妙而又厚重。假若是太阳在西边，而东方有些黑云，那就太美了：白翅在黑云下自然分外的白了；一斜身儿呢，黑尾或紫尾——最好是紫尾——迎着阳光闪起一些金光来！点子如是，乌也如是。白尾巴的，无论长得多么体面，飞起来没这种美妙，要不怎么不大值钱呢。铁翅乌或铜翅乌飞起来特别的好看，像一朵花，当中一块白，前后左右都镶着黑或紫，它使人觉得安闲舒适。可是铜翅乌几乎永远不飞，飞不起，贱的也得几十块钱一对儿吧。玩鸽子是满天飞洋钱的事儿，洋钱飞起却是不如在手里牢靠的。

可是，鸽子的讲究儿不专在飞，正如女子出头露脸不专仗着能跑五十米。它得长得俊。先说头吧，平头或峰头（峰读如凤；也许就是凤，而不是峰）便决定了身价的高低。所谓峰头或凤头的，是在头上有一撮立着的毛；平头是光葫芦。自然凤头的是更美，也更贵。峰——或凤——不许有杂毛，黑便全黑，紫便全紫，掺着白的便不够派儿。它得大，而且要像个荷包似的向里包包着。鸽贩常把峰的杂毛剔去，而且把不像荷包的收拾得像荷包。这样收拾好的峰，就怕鸽子洗澡，因为那好看的头饰是用胶粘的。

头最怕鸡头，没有脑杓儿，楞头磕脑的不好看。头须像算盘子儿，圆忽忽的，丰满。这样的头，再加上个好峰，便是标准美了。

眼，得先说眼皮。红眼皮的如害着眼病，当然不美。所以要强的鸽子得长白眼皮。宽宽的白眼皮，使眼睛显着大而有神。眼珠也有讲究，豆眼、隔棱眼，都是要不得的。可惜我离开鸽子们已念多年，形容不上来豆眼等是什么样子了；有机会到北平去住几天，我还能把它们想起来，到鸽市去两趟就行了。

嘴也很要紧。无论长得多么体面的鸽，来个长嘴，就算完了事。要不怎么，有的鸽虽然很缺少，而总不能名贵呢；因为这种根本没有短嘴的。鸽得有短嘴！厚厚实实的，小墩子嘴，才好看。

头部以外，就得论羽毛如何了。羽毛的深浅，色的支配，都有一定的。老虎帽的帽长到何处，虎头的黑或紫毛应到胸部的何处，都不能随便。出一个好鸽与出一个美人都是历史的光荣。

身的大小，随鸽而异。羽色单调一些的，像紫箭等，自然是越大越蠢，所以以短小玲珑为贵。像点子与乌什么的，个子大一点也不碍事。不过，嘴儿短，长得娇秀，自然不会发展得很粗大了，所以美丽的鸽往往是小个儿。

大个子的，长嘴儿的，可也有用处。大个子的身强力壮翅子硬，能飞，能尾上戴鸽铃，所以它们是空中的主力军。别的鸽子好看，可供地上玩赏；这些老粗儿们是飞起来才见本事，故尔也还被人爱。长翅儿也有用，孵小鸽子是它们的事：它们的嘴长，“喷”得好——小鸽不会自己吃东西，得由老鸽嘴对嘴的“喷”。再说呢，喷的时候，老的胸部羽毛便糙了；谁也不肯这么牺牲好鸽。好鸽下的蛋，总被人拿来交与丑鸽去孵，丑鸽本来不值钱，身上糙旧一点也没关系。要作鸽就得美呀，不然便很苦了。

有的丑鸽，仿佛知道自己的相貌不扬，便长点特别的本事以与美鸽竞争。有力气戴大鸽铃便是一例。可是有力气还不怎样新奇，所以有的能在空中翻跟头。会翻跟头的鸽在与朋友们一块飞起的时候，能飞着飞着便离群而翻几个跟头，然后再飞上去加入鸽群，然后又独自翻下来。这很好看，假若它是白色的，就好像由蓝空中落下一团雪来似的。这种鸽的身体很小，面貌可不见得美。它有个标帜，即在项上有一小撮毛儿，倒长着。这一撮倒毛儿好像老在那儿说："你瞧，我会翻跟头！"这种鸽还有个特点，脚上有毛儿，像诸葛亮的羽扇似的。一走，便扑喳扑喳的，很有神气。不会翻跟头的可也有时候长着毛脚。这类鸽多半是全灰全白或全黑的。羽毛不佳，可是有本事呢。

为养毛脚鸽，须盖灰顶的房，不要瓦。因为瓦的棱儿往往伤了毛脚而流出血来。

哎呀！我说"先说鸽子"，已经三千多字了，还没说完！好吧，下回接着说鸽子吧，假若有人爱听。我的题目《小动物们》，似乎也有加上个"鸽"的必要了。

原载于1935年3月《人间世》第24期

夏天的昆虫

汪曾祺

蝈 蝈

蝈蝈我们那里叫做“叫蚰子”。因为它长得粗壮结实，样子也不大好看，还特别在前面加一个“侉”字，叫做“侉叫蚰子”。这东西就是会呱呱的叫。有时嫌它叫得太吵人了，在它的笼子上拍一下，它就大叫一声：“呱！——”停止了。它什么都吃。据说吃了辣椒更爱叫，我就挑顶辣的辣椒喂它。早晨，掐了南瓜花（谎花）喂它，只是取其好看而已。这东西是咬人的。有时捏住笼子，它会从竹篦的洞里咬你的指头肚子一口！

另有一种秋叫蚰子，较晚出，体小，通身碧绿如玻璃料，叫声轻脆。秋叫蚰子养在牛角做的圆盒中，顶面有一块玻璃。我能自已做这种牛角盒子，要紧的是弄出一块大小合适的圆玻璃。把玻璃放在水盆里，用剪子剪，则不碎裂。秋叫蚰子价钱比侉叫蚰子贵得多。养好了，可以越冬。

叫蛐子是可以吃的。得是三尾的，腹大多子。扔在枯树枝火中，一会就熟了。味极似虾。

蝉

蝉大别有三类。一种是“海溜”，最大，色黑，叫声洪亮。这是蝉里的楚霸王，生命力很强。我曾捉了一只，养在一个断了发条的旧座钟里，活了好多天。一种是“嘟溜”，体较小，绿色而有点银光，样子最好看，叫声也好听：“嘟溜——嘟溜——嘟溜。”一种叫“叽溜”，最小，暗赭色，也是因其叫声而得名。

蝉喜欢栖息在柳树上。古人常画“高柳鸣蝉”，是有道理的。

北京的孩子捉蝉用粘竿，——竹竿头上涂了粘胶。我们小时候则用蜘蛛网。选一根结实的长芦苇，一头撅成三角形，用线缚住，看见有大蜘蛛网就一绞，三角里络满了蜘蛛网，很黏。瞅准了一只蝉，轻轻一捂，蝉的翅膀就被粘住了。

佝偻丈人承蜩，不知道用的是什么工具。

蜻　蜓

家乡的蜻蜓有三种。

一种极大，头胸浓绿色，腹部有黑色的环纹，尾部两侧有革质的小圆片，叫做“绿豆钢”。这家伙厉害得很，飞时巨大的翅膀磨得嚓嚓地响。或捉之置室内，它会对着窗玻璃猛撞。

一种即常见的蜻蜓，有灰蓝色和绿色的。蜻蜓的眼睛很尖，但到黄昏后眼力就有点不济。它们栖息着不动，从后面轻轻伸手，一捏就能捏住。玩蜻蜓有一种恶作剧的玩法：掐一根狗尾巴草，把草茎插进蜻蜓的屁股，一撒手，蜻蜓就带着狗尾草的穗子飞了。

一种是红蜻蜓。不知道什么道理，说这是灶王爷的马。

另有一种纯黑的蜻蜓。身上，翅膀都是深黑色，我们叫它鬼蜻蜓，因为它有点鬼气。也叫“寡妇”。

刀　螂

刀螂即螳螂。螳螂是很好看的。螳螂的头可以四面转动。螳螂翅膀嫩绿，颜色和脉纹都很美。昆虫翅膀好看的，为螳螂，为纺织娘。

或问：你写这些昆虫什么意思？答曰：我只是希望现在的孩子也能玩玩这些昆虫，对自然发生兴趣。现在的孩子大都只在电子玩具包围中长大，未必是好事。

原载于1987年《北京文学》第9期

养金鱼[①]

周瘦鹃

往时一般在名利场中打滚的人，整天的忙忙碌碌，无非是为名为利，差不多为了忙于争名夺利，把真性情也汨没了。大都市中，有的人以为嫖赌吃喝，可以寄托身心，然而这是糜烂生活的一环，虽可麻醉一时，未免取法乎下了。

现在新社会中，大家忙于工作，不再是为名为利，大都是为国为民；然而忙得过度，未免影响健康，总得忙里偷闲，想个调剂精神的方法，享受一些悠闲的情趣，我以为玩一些花鸟虫鱼，倒是怪有意思的。说起花鸟虫鱼，也正浩如烟海，要样样玩得神而明之，谈何容易。单以蓄养金鱼而论，此中就大有学问，决不是粗心浮气的人，所能得其奥秘的。

我在对日抗战以前，曾经死心塌地的做过金鱼的恋人，到处

---

① 本文包括《养金鱼》和《再谈养金鱼》两篇文章。——编者注

搜求稀有的品种，精致的器皿，并精研蓄养与繁殖的法门，更在家园里用水泥建造了两方分成格子的图案式池子，以供新生的小鱼成长之用，可谓不惜工本了。当时所得南北佳种，不下二十余品，又为了原名太俗，因此借用词牌曲牌做它们的代名词，如朝天龙之“喜朝天”，水泡眼之“眼儿媚”，翻鳃之“珠帘卷”，堆肉之“玲珑玉”，珍珠之“一斛珠”，银蛋之“瑶台月”，红蛋之“小桃红”，红龙之“水龙吟”，紫龙之“紫玉箫”，乌龙之“乌夜啼”，青龙之“青玉案”，绒球之“抛球乐”，红头之“一萼红”，燕尾之“燕归梁”，五色小兰花之“多丽”，五色绒球之“五彩结同心”等，那时上海文庙公园的金鱼部和其他养金鱼的人们都纷纷采用，我也沾沾自喜，以为我道不孤。

古人以文会友，我却以鱼会友，因金鱼而结识了好多专家，内中有一位号称金鱼博士的吴吉人兄，尤其是我的高等顾问，我那陈列金鱼的专室“鱼乐国”中，常有他的踪迹；他助我搜罗了不少名种，又随时指示我养鱼的经验，使我寝馈于此，乐而忘倦。明代名士孙谦德氏作《朱砂鱼谱》，其小序中有云：

> 余性冲淡，无他嗜好，独喜汲清泉，养朱砂鱼，时时观其出没之趣，每至会心处，竟日忘倦，惠施得庄周非鱼不知鱼之乐，岂知言哉！

我那时的旨趣，正与孙氏一般无二，虽只周旋于二十四缸金鱼之间，而也深得濠上之乐的。

不道“八一三”日寇进犯，苏州沦陷，我那二十四缸中的五百尾金鱼，全都做了他们的盘中餐，好多年的心血结晶，荡然无存，第二年回来一看，触目惊心，曾以一绝句志痛云：

书剑飘零付劫灰，池鱼殃及亦堪哀！

他年稗史传奇节，五百文鳞殉国来。

虽说以五百金鱼之死，比之殉国，未免夸大，然而它们都膏了北海道蛮子的馋吻，却是铁一般的事实。胜利以后，因名种搜罗不易，未能恢复旧观，而我也为了连遭国难家忧，百念灰冷，只因蜗居爱莲堂前的檐下挂着一块“养鱼种竹之庐”的旧额，不得不置备了五缸金鱼，略事点缀，可是佳种寥寥，无多可观，我也听其自生自灭，再也不像先前的热恋了。

我在皖南避寇，足足有三个多月，天天苦念故乡，苦念故园，苦念故园中的花木；先还没有想到金鱼，有一天忽然想到了，就做了十首绝句：

吟诗喜押六鱼韵，鱼鲁常讹雁足书。

苦念家园花木好，愧无一语到金鱼。

五百锦鳞多俊物，词牌移借作名标。
翻鳃绝似珠帘卷，紫种宛然紫玉箫。

杨柳风中鱼诞子，终朝历碌换缸来。
鱼人邪许担新水，玉虎牵丝汲井回。
（母鱼生子时，因水味腥秽，必须常换新水。）

盆盎纷陈鱼乐国，琳琅四壁画金鱼。
难忘菊绽花如海，抗礼分庭独让渠。
（小园中陈列金鱼的一屋，名鱼乐国，四壁都张挂着名家所画的金鱼，每年秋季，苏州公园中举行鱼菊展览会，金鱼与菊花并列。）

五色文鱼多绝丽，云蒸霞蔚似丝缫。
登场鲍老堪相拟，簇锦团花着绣袍。

珠鱼原是珠江种，遍体莹莹珠缀肤。
妙绝珠帘朱日下，一泓碧水散珍珠。

珍鱼矫矫生幽燕，紫贝银鳞玉一团。
媲美仙葩差不愧，嘉名肇锡紫罗兰。
（北方有一种身有紫斑的金鱼，俗称紫兰花，我爱花中的紫罗兰，因以为名。）

沙缸廿四肩差立，碧藻绯鱼映日鲜。
绝忆花晨临渌水，闲看鱼乐小游仙。

朝朝饲食常临视，为爱清漪剔绿苔。
却喜文鳞俱识我，落花水面唅喁来。
（缸边易生绿苔，积得厚了，必须剔去。）

铁鞋踏破纷华梦，车驾仓皇出古吴。
未识城门失火后，可曾殃及到池鱼？

不料后来回到故园探望时，金鱼果然殃及，只索望缸兴叹；并且连我最爱的一个捷克制的玻璃金鱼缸也给毁了。这缸是作四方形的，下面有一个镂花的铜盘，两旁有两个瓜棱形的火黄色的玻璃管，当中可以通电放光，柱顶各立一个裸体女子，全身涂金，张开了两臂，相对作跳下水去的模样；我曾两次陈列在公园里的鱼菊展览会中，养着两尾五色的珍珠鱼，映着电光，分外的美丽，参观的群众，都啧啧赞美，至今我还忘不了它。

前人对于养金鱼的器具，原有很讲究的；像元代的燕帖木耳，在私邸中造一座水晶的亭子，四面以水晶作壁，珊瑚作栏杆，装了清水进去，养着许多五色鱼，再将绿藻、红荷、白蘋等作点缀，真的光怪陆离，美观极了。清代的宰相和珅，有一只琥珀雕成的书案，方广二尺，嵌以水晶，下面有一抽屉，也是水晶的，约高三寸，装了水养金鱼，配着碧绿的水藻，自觉尽态极妍。对日抗战以前，我曾在阔街头巷的网师园中，瞧见一只杨妃榻上的炕几，四周用紫檀精雕作边框，嵌着很厚的玻璃，四面和底层是磁质的，画着无数的金鱼和绿藻，据说是乾隆时代的制作，也是作养金鱼之用的。前人对于玩好方面，真是穷奢极欲，现在可没有这一套了。

养金鱼的风气，宋代即已有之，苏老泉诗中曾有“朱鬣金鳞漫如染”之句[①]，可作一证。不过他们大半是养在池塘里的。到了清代，就有把金鱼养在瓶里的了，如陈其年咏金鱼的《鱼游春水》一词中，有“浅贮空明翡翠瓶，小唼瀺灂桃花水，蹙锦裁斑，将霞漾绮”之句。又龚蘅圃有《过龙门》一词：

> 脂粉旧香塘，影蘸丝杨，花纹不数紫鸳鸯。一种藻鳞金色嫩，三尾拖凉。
>
> 蔽日有青房，翠网休张，池星密处惯迷藏。雨过满奁真个似，濯锦秋江。

这又是咏池塘中的金鱼了。我也有一阕《行香子》词，咏池中金鱼，

---

① 苏老泉：即苏洵，北宋文学家、散文家，与苏轼、苏辙合称“三苏”。“朱鬣金鳞漫如染”：据查，此句出自苏辙《次韵子瞻渼陂鱼》。——编者注

词云：

浅浅春池，藻绿鱼绯，看翩翩倩影参差。银鳞鳃展，朱鬣鳍歧。是瑶台月，珠帘卷，燕双飞。（银蛋、翻鳃、燕尾三种金鱼的别名。）

碧胪流媚，彩衣轩举，衬清漪各逞娇姿。香温茶熟，晴日芳时。好听鱼喁，观鱼跃，逗鱼吹。

我的金鱼本来都是养在黄沙缸里的，只因春间生子太多，就分了一部分到梅邱下的荷花池中去，所以池中也做了金鱼的殖民地了。今春为了给各地来宾增加兴趣起见，特地在原有的五缸外，添了三缸，排成一朵带柄的梅花的式样，养了八种金鱼，中如五色的蛋种和五色的珍珠鱼，最为富丽；可惜今年多雨，红虫难觅，每天只吃些浮萍绿子，所以不能繁殖了。

选自《花前锁记》，通俗文艺出版社 1955 年 6 月

萤

靳以

郁闷的无月夜，不知名的花的香更浓了，炎热也愈难耐了；千千万万的火萤在黑暗的海中漂浮着。那像亮在泡沫的尖顶上的一点雪白的水花，也像是照映在海面上群星的身影。我仰起头来，天上果真就嵌满了星星，都在闪着，星是天间的萤的身影呢，还是萤是地上的星的身影？但是它们都发着光，虽然很微细，却也为夜行人照亮眼前的路。路是很平坦，入了夜，该是毒物的世界，不是曾经看见过一尾赤练蛇横在路的中央么？它不一定要等待人们去侵犯它才张口来咬的，它就是等在那里，遇到什么生物也不放过，它是依靠吞噬他人的生命才得生存的。

可是萤却高高低低浮在空中，不但为人照亮了路边的深坑，也为人照出偃卧的毒蛇，使过路人知所趋避。群星在天上，也用忧愁而关心的眼睛望着，它自知是发光的，就更把眼睁大了（因为疲倦，所以不得不一眨一眨的），它恨不得大声喊出来，告诉人们：“在地上，夜是精灵的世界，回到你们的家中去吧，等待太阳出来了再继续你们的行程。”可是它没有声音，因为风静止着，森林也只得守着它们的沉默。田间的水流，也因为干涸，停止它们的潺潺了。在地上，在黯黑的夜里，只有蛙发着噪聒的鸣叫，那是使人觉得郁热更其难耐，黑夜更其无边的。守在路中的蛇也在嘶嘶地叫着，怕也因为没有猎取物而感到不耐吧？它也许意识到萤火对它是不利的，便高昂起头来，想用那吞吐的毒舌吸取一只两只；可是可爱的萤火，早自飞到更高处去了。向上看，那毒蛇才又看到天上闪烁着那么多发光的眼睛，一切光，原来都是使人类幸福的，它就不得不颓然又垂下头，扭着那斑驳的身躯，不情愿地回到自己的洞穴中去了。

那成千成万的萤火虫，却一直愉快地飘着，向上飞在高空中，它的光显得细弱了，它还是落到地上来。落在树枝上，使人们看到肥大的绿叶间还有一丛丛花朵，那香气该是它们发散出来的吧？落在路边的草上，映出那细瘦的叶尖，和那上面栖息着的一只小甲虫：落在老人的胡须上，孩子更会稚气地叫着：“看，胡子像烟斗似的烧起来了，一亮一亮的。”落在骄傲的孩子的发际，她就便得意地说：“看我头上簪了星星！”

它们就是这样成夜地忙碌着，在黯黑的世界中穿行；当着太阳的光重复来到大地，它们就和天际的星星互道着辛苦隐下去了，等待黯夜复来的时候再为人类献出它们微弱的光辉。

选自《沉默的果实》，中华书局 1945 年 12 月

珍珠鸟

冯骥才

真好！朋友送我一对珍珠鸟。放在一个简易的竹条编成的笼子里，笼内还有一卷干草，那是小鸟舒适又温暖的巢。

有人说，这是一种怕人的鸟。

我把它挂在窗前。那儿还有一盆异常茂盛的法国吊兰。我便用吊兰长长的、串生着小绿叶的垂蔓蒙盖在鸟笼上，它们就像躲进深幽的丛林一样安全；从中传出的笛儿般又细又亮的叫声，也就格外轻松自在了。

阳光从窗外射入，透过这里，吊兰那些无数指甲状的小叶，一半成了黑影，一半被照透，如同碧玉；斑斑驳驳，生意葱茏。小鸟的影子就在这中间隐约闪动，看不完整，有时连笼子也看不出，却见它们可爱的鲜红小嘴儿从绿叶中伸出来。

我很少扒开叶蔓瞧它们，它们便渐渐敢伸出小脑袋瞅瞅我。我们就这样一点点熟悉了。

三个月后，那一团愈发繁茂的绿蔓里边，发出一种尖细又娇嫩的鸣叫。我猜到，是它们，有了雏儿。我呢？决不掀开叶片往里看，连添食加水时也不睁大好奇的眼去惊动它们。过不多久，忽然有一个小的脑袋从叶间探出来。更小哟，雏儿！正是这个小家伙！

它小，就能轻易地由疏格的笼子钻出身。瞧，多么像它的母亲：红嘴红脚，灰蓝色的毛，只是后背还没有生出珍珠似的圆圆的白点；它好肥，整个身子好像一个蓬松的球儿。

起先，这小家伙只在笼子四周活动，随后就在屋里飞来飞去，一会儿落在柜顶上，一会儿神气十足地站在书架上，啄着书背上那些大文豪的名字；一会儿把灯绳撞得来回摇动，跟着逃到画框上去了。只要大鸟在笼里生气儿地叫一声，它立即飞回笼里去。

我不管它。这样久了，打开窗子，它最多只在窗框上站一会儿，决不飞出去。

渐渐地它胆子大了，就落在我书桌上。

它先是离我较远，见我不去伤害它，便一点点挨近，然后蹦到我的杯子上，俯下头来喝茶，再偏过脸瞧瞧我的反应。我只是微微一笑，依旧写东西，它就放开胆子跑到稿纸上，绕着我的笔尖蹦来蹦去；跳动的小红爪子在纸上发出嚓嚓响。

我不动声色地写，默默享受着这小家伙亲近的情意。这样，它完全放心了，索性用那涂了蜡似的、角质的小红嘴，“嗒嗒”啄着我颤动的笔尖。我用手抚一抚它细腻的绒毛，它也不怕，反而友好地啄两下我的手指。

有一次，它居然跳进我的空茶杯里，隔着透明光亮的玻璃瞅我。它不怕我突然把杯口捂住。是的，我不会。

白天，它这样淘气地陪伴我；天色入暮，它就在父母的再三呼唤声中，飞向笼子，扭动滚圆的身子，挤开那些绿叶钻进去。

有一天，我伏案写作时，它居然落到我的肩上。我手中的笔不觉停了，生怕惊跑它。呆一会儿，扭头看，这小家伙竟扒在我的肩头睡着了，银灰色的眼睑盖住眸子，小红脚刚好给胸脯上长长的绒毛盖住。我轻轻抬一抬肩，它没醒，睡得好熟！还咂咂嘴，难道在做梦？

我笔尖一动，流泻下一时的感受：

信赖，往往创造出美好的境界。

选自《珍珠鸟》，上海文艺出版社 1987 年 7 月

猫的故事

许君远

我平生爱猫，到四川三年却不曾有机会养猫，原因之一是此地猫种不够繁衍，必须花好多钱去买，买了又必须用绳索系牢，如果让它自由行动，随时都有被人偷去的危险，伤财怄气，最犯不上。原因之二是妻不喜欢猫（大女儿抱来一条小狗，大遭妈妈呵斥，成天价以米贵为理由，不肯让它吃饱），倘使把它“请”到家来，只得由我一个人照顾，鱼肉最不易买，而这种消费也不在妻的正常开支以内。

童年在故乡，总是饲养着这种依在身边的小动物，夏天看着它生儿女，在葡萄架底下歪着身子喂奶，心里异常舒服。冬天把它偎在被窝里睡觉，看着它四脚朝天，听着它呜呜地念佛，真是绝好的催眠曲。尤其在北国乡间的雪夜（除了新年，卧室内不生煤火），伴着祖母坐在炕头上听祖父讲故事，抚着猫的脊背，沙沙地闪出火星，宛然置身天堂福地，那种安慰唯有哥伦布到了新大陆差可与之比伦。

寿命最长的是一头全身乌黑金黄眼睛的母猫，它留下了四五代子孙，颜色却由黄“虎狸”蜕化成黑“虎狸”，由母亲的短脸变成它们所有的那一条长白的鼻子。短脸猫的确比长鼻子猫好看，乌黑油亮也的确比驳色媚人。那只老猫大概活到我七八岁时，在一个麦秋时节失踪，很可能地是被三叔家的恶狗咬死，祖母却说老猫都要回到山里成仙，我对那个神话很发生过一个长时期的幻想。

虽然它的子孙不“肖”，一只黑“虎狸”猫（大概是它的外孙女吧？）却给我留下不可磨灭的印象。它比祖母个子小，比它驯顺，最特别的便是我下学归来总是躲在大门背后迎接，每天上学要送我出了巷（其实这种送，给了我很大的麻烦，因为怕它遭了毒手，我必须抱它回家，关好大门，重新跑路），完全像一只哈巴狗，在心理上却觉得比狗好玩。

离开乡下去北平读书，满眼含着泪水，一方面是因为舍不开终年抚爱我的祖母，另一方面却在担心小猫失去照拂。冬天，父亲由家乡返回北平，我首先问到我的恩物，他告诉我被狗咬死，我止不住眼泪簌簌，父亲嗔我不问祖母健康，反而先问动物的安全。后来过年回家，他笑着传播这个故事，惹得老人一齐解颐，说“这个孩子长大了一定多情”（这句话注定了我半生的命运）。

北平是一个养猫的好环境，然而也许因为年龄大了，不能专心于“业余消遣”，十数年间不曾养过一只可人意的小猫。女主人不能加意维护，女佣人们自然不肯多费心思。不到半年跑了，另换新的，换来换去也就换厌了，对猫的兴趣大为减少。这一个时期我颇信西谚 dog attaches to person，cat attaches to places（狗随人，猫随地方）的真理，于是我就试着养狗。在养狗的阶段曾经从朋友地方索到一只毛色美丽的大花猫，关在卧室里喂了两天。那时我还不知道用绳捆起的办法，它颇有“终老是乡”的意思，突然 Romy（我那只大狼狗）闯了进去，花猫愤怒地穿窗而出，一去而不返。

在上海养过一只最有灵性的猫。一天它突然跑到我的楼上书房，等到发现走错了地方，已经为时太迟，孩子们早把房门关上。它非常惊慌局促：眼睛睁得很大，前脚弯着，后脚蹲着，尾巴在地上扑打摇摆，嘴里还有怒狠狠的声音。一个有养猫经验的人对它的表情并不感到稀奇，装作不注意那一回事，一面安抚住孩子们，不许她们走近，一面放一块肉让它尝尝，肉是吃了，不过还是不能宁静，一会逃到书桌里，任你引诱呼唤也不肯出头。于是我便把食物送到抽屉口上，不再打扰它的自由。这样两天过去，它居然成为我们家庭的附属，除了去厨房排泄（那事引起女佣人千百次的怨言），不轻易下楼一步。而且我在那里，它要追到那里，我在沙发上睡，它便伏在沙发背上，我在书桌上读书，它便卧在字典旁边，夜里睡在我的脚头，需要下楼便喵喵两声，由我替它开门。这还不算，它最能知道我晚上下班的时间，汽车喇叭一响，它便跳到地上叫喊，有时女佣人听不到声音，还是它的喊叫把她唤醒。妻不爱猫狗，但对于“大咪”（那只猫的专名）的美德也愿意广为宣扬，到过我家的客人，谁都知道这一段催女佣人开门的故事。

我单身离沪赴港，没有把“大咪”带到南国的理由，然而我总是写信问，总是托妻照顾它的生活。家人过港，我吩咐把它带走，下船却只有三个孩子，没看到那个黑“虎狸”白肚皮的动物。事后问起她们，才知道我离沪不久，“大咪”也就失踪，据说又回到它的旧主人那里，妻怕我伤心，写信不肯提起，不过在她叙述经过的时候，我却不能掩抑我的悲怀，宛然是丧失一个好朋友的滋味。而这次颇给了我养猫的新经验，cat attaches to places 并不见得完全正确的。

香港也够上耗子为灾（其情形也许仅次于重庆），猫却不是什么珍品，养猫的风气也不兴盛。一次大女孩子从街上抱到家里一只又脏又丑不足满月的乳猫，居然养它长大，但是从罗便臣道迁往跑马地不久，它便另外找到比我家更为安适的地方了。这件事对我没有什么感觉，孩子却痛哭一场。妻说大孩子肖父不肖母，爱猫狗的特性也跟我。每次这样说，我总是得意地笑，因为如果像二女儿那样对猫狗毫无爱惜，我家以后将永无家畜的踪影了，那是多么单调可怕的景象！

爱猫狗是同情心丰富的表现，像我这样一个平凡的人，不会有什么优良的品德遗传于儿女，因而对于大女儿的肖父特性，觉得非常值得安慰了。

原载于 1944 年 7 月 31 日《东方杂志》

蟋　蟀

陆蠡

小的时候不知在什么书上看到一张图画，题的是“爱护动物”。图中甲儿拿一根线系住蜻蜓的尾，看它款款地飞。乙儿摇摇手劝他，说动物也有生命，也和人一样知道痛苦，不要残忍地虐杀它。

母亲曾告诉我：从前有一个读书人，看见一只蚂蚁落在水里，他抛下一茎稻草救了它。后来这位读书人因诬下狱，这被救的蚂蚁率领了它的同类，在一夜工夫把狱墙搬了一个大洞，把他救了出来。

父亲又说：以前有一个隋侯，看见一只鹞子追逐着黄雀。黄雀无路可奔，飞来躲在他的脚下。他等鹞子去了，才把它放走。以后黄雀衔来一颗无价的明珠，报答他救命的恩德。

在书上我又读到：“麟，仁兽也，足不履生草，不戕生物。”

所以，我自幼便怀着仁慈之意，知道爱惜它们的生命。我从来不曾用线系住蝉的细成一条缝似的头颈，让它鼓着薄翅团团转转的飞。我从来不曾用头发套住蟋蟀的下颚，临空吊起来飕飕地转，把它弄得昏过去，便在它激怒和昏迷中引就它们的同类，促使它们作死命的啮斗。我从来不曾用蛛网络缠在竹箍上，来捉夏日停在墙壁上的双双叠在一起的牛虻，也从来不曾撕断蚱蜢的大腿，去喂给母鸡。

在动物中，我偏爱蟋蟀。想起这小小的虫，那曾消磨了多美丽的我的童年的光阴啊！那时我在深夜中和两三个淘伴蹑手蹑脚地跑到溪水对岸的石滩，把耳朵贴在地上，屏住气息；细辨在土礅的旁边或石块底下发出的瞿瞿的蟋蟀的声音所自来的方向。偷偷跑上前去，用衣袋里的麦麸做了记认，次晨在黎明时觅得夜晚的原处，把可爱的虫捉在手里。

露濡湿了赤脚穿着的鞋，衣襟有时被荆棘抓破，回家来告诉母亲说我去望了田水回来，不等她的盘诘，立刻便溜进房中，把捉来的蟋蟀放在瓦盘里，感到醉了般的喜悦，有时连拖泥带水的鞋子钻进床去，竟倒头睡去了……

我爱蟋蟀，那并不是爱和别人赌钱斗输赢，虽则也往常这样做。但是我不肯把战败者加以凌虐，如有人剪了它们的鞘翅，折断了它们的触须，卑夷地抛在地上，以舒小小的心中的怨愤。我爱着我的蟋蟀，我爱它午夜在房里蛩蛩的“弹琴”，一如我们的术语所说的。

有时梦中恍如我睡在碧绿的草地上，身旁长着不知名的花，花的底下斗着双双的蟋蟀；我便在它们的旁边用粗的石块叠成玲珑的小堆，引诱它们钻进这石堆里，我可以随时来听它们的鸣斗，永远不会跑开……

我爱蟋蟀，我把它养在瓦盘里，盘里放了在溪中洗净了的清沙，复在其中移植了有芥子园画意的细小的草，草的旁边放了两三洁白的石块，这是我的庭园了。我满足于自己手创的天地，所谓壶底洞天便是这般的园地更幻想化的罢了，我曾有时这样想。我在沙中用手指掏了一个小洞，在洞口放了两颗白米，一茎豆芽；白米给它当作干粮，豆芽给它作润喉的果品。我希望这小小的庭园会比石滩上更舒适，不致使它想要逃开。

在蒙蒙的雨天，我拿了这瓦盘到露天底下去承受这微丝般的烟雨，因为我没有看到露水是怎样落下来的，所以设想这便是它所喜爱的露了。当我看到乌碧的有美丽的皱纹的鞘翅上蒙着细微的雾粒，微微开翕着欲鸣不鸣似的，伴着一进一退地颤抖着三对细肢，我也感到微雨的凉意，想来抖动我的身躯了。有时很久不下细雨，我便用喷衣服的水筒把水喷在蟋蟀的身上。

听说蟋蟀至久活不过白露。邻居的哥儿告诉我说。

“为什么呢？”

“那是因为太冷。”

“只是因为太凉么？”

“怕它的寿命只有这几天日子罢。”

于是我翻开面子撕烂了的旧黄的历本，去找白露的一天，几时几刻交节。我屈指计算着我的蟋蟀还可以多活几天，不能盼望它不死，只盼望它是最后死的一个。我希望我能够延长这小动物的生命。

早秋初凉的日子，我便用棉花层层围裹着这瓦盘，沙中的草因不见天日枯黄了，我便换上了绿苔。又把米换了米仁。本来我想把它放在温暖的灶间里，转想这是不妥的，所以便只好这样了。

我天天察看这小虫的生活。我时常见它头埋在洞里，屁股朝外。是避寒么，是畏光么？我便把这洞掏得更深一些。又在附近挖了一个较浅的洞。

有一天它吃了自己的触须，又有一次啮断自己的一只大腿，这真使我惊异了。

“能有一年不死的蟋蟀么？”我不止一次地问我的母亲。

“西风起时便禁受不住了。”

“设若不吹到西风也可以么？”

“那是可怜的秋虫啊！你着了蟋蟀的迷么？下次不给你玩了。”

我屈指在计算着白露的日期。终于在白露的前五天这可怜的虫便死了。天气并不很冷，只在早晨须得换上夹衣，白昼是热的。园子里的玉蜀黍，已经黄熟了。

我用一只火柴盒子装了这死了的虫的肢体，在园子的一角，一株芙蓉花脚下挖了一个小洞，用瓦片砌成了小小的坟，把匣子放进去，掩上了一把土，复在一张树叶上放了三粒白米和一根豆芽，暗暗地祭奠了一番，心里盼望着夜间会有黑衣的哥儿来入梦，说是在地下也平安的罢。

“你今天脸色不好。着了凉么！孩子？”

母亲这样的说。

选自《海星》，广东人民出版社 1981 年 4 月

蝉与纺织娘

郑振铎

你如果有福气独自坐在窗内，静悄悄的没一个人来打扰你，一点钟，两点钟地过去，嘴里衔着一支烟，躺在沙发上慢慢的喷着烟云，看它一白圈一白圈的升上，那么在这静境之内，你便可以听到那墙角阶前的鸣虫的奏乐。

那鸣虫的作响，真不是凡响；如果你曾听见过曼杜令[①]的低奏，你曾听见过一支洞箫在月下湖上独吹着；你曾听见过红楼的重幔中透漏出的弦管声，你曾听见过流水淙淙的由溪石间流过，或你曾倚在山阁上听着飒飒的松风在足下拂过，那么，你便可以把那如何清幽的鸣虫之叫声想象到一二了。

虫之乐队，因季候的关系而颇有不同，夏天与秋令的虫声，

① 曼杜令：今译作“曼陀铃”“曼陀林”（Mandolin），起源于意大利，是弹拨乐器，有四组复弦，指板上有铜品，音域较接近于小提琴。——编者注

便是截然的两样。蝉之声是高旷的，享乐的，带着自己满足之意的；它高高的栖在梧桐树或竹枝上，迎风而唱，那是生之歌，生之盛年之歌，那是结婚曲，那是中世纪武士美人的大宴时的行吟诗人之歌。无论听了那“叽~~~叽~~~”的曼长声，或“叽格~~~叽格~~~”的较短声，都可同样的受到一种轻快的美感。秋虫的鸣声最复杂。但无论纺织娘的咭嘎，蟋蟀的唧唧，金铃子之叮令，还有无数无数不可名状的秋虫之鸣声，其声调之凄抑却都是一样的；它们唱的是秋之歌，是暮年之歌，是薤露之曲。它们的歌声，是如秋风之扫落叶，怨妇之奏琵琶，孤峭而幽奇，清远而凄迷，低徊而愁肠百结。你如果是一个孤客，独宿于荒郊逆旅，一盏荧荧的油灯，对着一张板床，一张木桌，一二张硬板凳，再一听见四壁唧唧知知的虫声间作，那你今夜便不用再想稳稳的安睡了，什么愁情，乡思，以及人生之悲感，都会一串一串的从根儿勾引起来，在你心上翻来覆去，如白老鼠在戏笼中走轮盘一般，一上去便不用想下来憩息。如果你不是一个客人，你有家庭，你有很好的太太，你并没有什么闲愁胡想，那么，在你太太已睡之后，你想在书房中静静的写些东西时，这唧唧的秋虫之声却也会无端的窜入你的心里，翻掘起你向不曾有过的一种凄感呢。如果那一夜是一个月夜，天井里统是银白色，枯秃的树影，一根一条的很清朗的印在地上，那么你的感触将更深了。那也许就是所谓悲秋。

秋虫之声，大都在蝉之夏曲已告终之后出现，那正与气候之寒暖相应。但我却有一次奇异的经验；在无数的纺织娘之鸣声已来了之后，却又听得满耳的蝉声。我想我们的读者中有这种经验的人是必不多的。

我在山中，每天听见的只有蝉声，鸟声还比不上。那时天气是很热，即在山上，也觉得并不凉爽。正午的时候，躺在廊前的藤榻上，要求一点的凉风，却见满山的竹树梢头，一动也不动，看看足底下的花草，也都静静的站着，似老僧入了定似的。风扇之类既得不到，只好不断的用手巾来拭汗，不断的在摇挥那纸扇了。在这时候，往往有几缕的蝉声在槛外鸣奏着。闭了目，静静的听了它们在忽高忽低，忽断忽续，此唱彼和，仿佛是一大阵绝清幽的乐阵在那里奏着绝清幽的曲子，炎热似乎也减少了，然后，朦胧的朦胧的睡去了，什么都不觉得。良久，良久，清梦醒来时，却又是满耳的蝉声。山上的蝉真多！绝早的清晨，老妈子们和小孩子们常去抱着竹竿乱摇一阵，而一只二只的蝉便要跟随了朝露而落到地上了。每一个早晨，在我们滴翠轩的左近，至少是百只以上之蝉是这样的被捉。但蝉声却并不减少。

常常的，一只蝉两只蝉，叽的一声，飞入房内，如平时我们所见的青油虫及灯蛾之飞入一样。这也是必定被人所捉的。有一天，见有什么东西在槛外倒水的铅斗中咯笃咯笃的作响，俯身到槛外一看，却又是一只蝉，这当然又是一个俘虏了。还有好几次，在山脊上走时，忽见矮林丛中有什么东西在动，拨开林丛一看，却也是一只蝉。它是被竹枝竹叶挡阻住了不能飞去。我把它拾在手中。同行的心南先生说："这有什么稀奇，放走了它吧。要多少还怕没有！”我便顺手把它向风中一送，它悠悠扬扬的飞去很远很远，渐渐的不见了。我想不到这只蝉就是刚才在地上拾了来的那一只！

初到时，颇想把它们捉几个寄到上海去送送人。有一次，便托了老妈子去捉。她在第二天一早，果然捉了五六只来放在一个大香烟纸盒中，不料给依真一见，她却吵着，带强迫的要去。我又托那个老妈子去捉。第二天，又捉了四五只来。依真的纸盒中却只剩下两只活的，其余的都死了。到了晚上，我的几只，也死了一半。因此，寄到上海的计划遂根本的打消了。从此以后，便也不再托人去捉，自己偶然捉来的，也都随手的放去了。那样不经久的东西，留下了它干什么用！不过孩子们却还热心的去捉。依真每天要捉至少三只以上，用细绳子缚在铁杆上。有一次，曾有一只蝉居然带了红绳子逃去了；很长的一根红绳子，拖在它后面，在风中飘荡着，很有趣味。

半个月过去了；有的时候，似乎蝉声略少，第二天却又多了起来。虽然“叽~~~叽~~~”的不息的鸣着，却并不觉喧扰；所以大家都不讨厌它们。我却特别的爱听它们的歌唱，那样的高旷清远的调子，在什么音乐会中可以听得到！所以我每以蝉声将绝为虑，时时的干涉孩子们的捕捉。

到了一夜，狂风大作，雨点如从水龙头上喷出似的，向槛内廊上倾倒。第二天还不放晴。再过一天，晴了，天气却很凉，蝉声乃不再听见了！全山上在鸣唱着的却换了一种“咭嘎~~~咭嘎~~~”

的急促而凄楚的调子，那是纺织娘。

“秋天到了。”我这样的说着，颇动了归心。

再一天，纺织娘还是咭嘎咭嘎的唱着。

然而，第三天早晨，当太阳晒得满山时，蝉声却又听见了！且很不少。我初听不信；“叽～～叽～～叽格～～叽格～～”那确是蝉声！纺织娘之声却又潜踪了。

蝉回来了，跟它回来的是炎夏。从箱中取出的棉衣又复放入箱中。下山之计遂又打消了。

谁曾于听了纺织娘歌声之后再听见蝉的夏曲呢？这是我的一个有趣的经验。

选自《山中杂记》，开明书店 1927 年 1 月

第六章

从来难忘不了情

我的第一个师父

鲁迅

不记得是那一部旧书上看来的了，大意说是有一位道学先生，自然是名人，一生拼命辟佛，却名自己的小儿子为“和尚”。有一天，有人拿这件事来质问他。他回答道：“这正是表示轻贱呀！”那人无话可说而退云。

其实，这位道学先生是诡辩。名孩子为“和尚”，其中是含有迷信的。中国有许多妖魔鬼怪，专喜欢杀害有出息的人，尤其是孩子；要下贱，他们才放手，安心。和尚这一种人，从和尚的立场看来，会成佛——但也不一定，——固然高超得很，而从读书人的立场一看，他们无家无室，不会做官，却是下贱之流。读书人意中的鬼怪，那意见当然和读书人相同，所以也就不来搅扰了。这和名孩子为阿猫阿狗，完全是一样的意思：容易养大。

还有一个避鬼的法子，是拜和尚为师，也就是舍给寺院了的意思，然而并不放在寺院里。我生在周氏是长男，“物以希为贵”，父亲怕我有出息，因此养不大，不到一岁，便领到长庆寺里去，拜了一个和尚为师了。拜师是否要贽见礼，或者布施什么的呢，我完全不知道。只知道我却由此得到一个法名叫作“长庚”，后来我也偶尔用作笔名，并且在《在酒楼上》这篇小说里，赠给了恐吓自己的侄女的无赖；还有一件百家衣，就是“衲衣”，论理，是应该用各种破布拼成的，但我的却是橄榄形的各色小绸片所缝就，非喜庆大事不给穿；还有一条称为“牛绳”的东西，上挂零星小件，如历本，镜子，银筛之类，据说是可以避邪的。

这种布置，好像也真有些力量：我至今没有死。

不过，现在法名还在，那两件法宝却早已失去了。前几年回北平去，母亲还给了我婴儿时代的银筛，是那时的惟一的记念。仔细一看，原来那筛子圆径不过寸余，中央一个太极图，上面一本书，下面一卷画，左右缀着极小的尺，剪刀，算盘，天平之类。我于是恍然大悟，中国的邪鬼，是怕斩钉截铁，不能含胡的东西的。因为探究和好奇，去年曾经去问上海的银楼，终于买了两面来，和我的几乎一式一样，不过缀着的小东西有些增减。奇怪得很，半世纪有余了，邪鬼还是这样的性情，避邪还是这样的法宝。然而我又想，这法宝成人却用不得，反而非常危险的。

但因此又使我记起了半世纪以前的最初的先生。我至今不知道他的法名，无论谁，都称他为“龙师父”，瘦长的身子，瘦长的脸，高颧细眼，和尚是不应该留须的，他却有两绺下垂的小胡子。对人很和气，对我也很和气，不教我念一句经，也不教我一点佛门规矩；他自己呢，穿起袈裟来做大和尚，或者戴上毗卢帽放焰口，“无祀孤魂，来受甘露味”的时候，是庄严透顶的，平常可也不念经，因为是住持，只管着寺里的琐屑事，其实——自然是由我看起来——他不过是一个剃光了头发的俗人。

因此我又有一位师母，就是他的老婆。论理，和尚是不应该有老婆的，然而他有。我家的正屋的中央，供着一块牌位，用金字写着必须绝对尊敬和服从的五位：“天地君亲师”。我是徒弟，他是师，决不能抗议，而在那时，也决不想到抗议，不过觉得似乎有点古怪。但我是很爱我的师母的，在我的记忆上，见面的时候，她已经大约有四十岁了，是一位胖胖的师母，穿着玄色纱衫裤，在自己家里的院子里纳凉，她的孩子们就来和我玩耍。有时还有水果和点心吃，——自然，这也是我所以爱她的一个大原因；用高洁的陈源教授的话来说，便是所谓“有奶便是娘”，在人格上是很不足道的。

不过我的师母在恋爱故事上，却有些不平常。“恋爱”，这是现在的术语，那时我们这偏僻之区只叫作“相好”。《诗经》云：“式相好矣，毋相尤矣”，起源是算得很古，离文武周公的时候不怎么久就有了的，然而后来好像并不算十分冠冕堂皇的好话。这且不管它罢。总之，听说龙师父年轻时，是一个很漂亮而能干的和尚，交际很广，认识各种人。有一天，乡下做社戏了，他和戏子相识，便上台替他们去敲锣，精光的头皮，簇新的海青，真是风头十足。乡下人大抵有些顽固，以为和尚是只应该念经拜忏的，台下有人骂了起来。师父不甘示弱，也给他们一个回骂。于是战争开幕，甘蔗梢头雨点似的飞上来，有些勇士，还有进攻之势，“彼众我寡”，他只好退走，一面退，一面一定追，逼得他又只好慌张的躲进一家人家去。而这人家，又只有一位年轻的寡妇。以后的故事，我也不甚了然了，总而言之，她后来就是我的师母。

自从《宇宙风》出世以来，一向没有拜读的机缘，近几天才看见了“春季特大号”。其中有一篇铢堂先生的《不以成败论英雄》，使我觉得很有趣。他以为中国人的“不以成败论英雄”，“理想是不能不算崇高”的，“然而在人群的组织上实在要不得。抑强扶弱，便是永远不愿意有强。崇拜失败英雄，便是不承认成功的英雄”。“近人有一句流行话，说中国民族富于同化力，所以辽、金、元、清都并不曾征服中国。其实无非是一种惰性，对于新制度不容易接收罢了”。我们怎样来改悔这“惰性”呢，现在姑且不谈，而且正在替我们想法的人们也多得很。我只要说那位寡妇之所以变了我的师母，其弊病也就在“不以成败论英雄”。乡下没有活的岳飞或文天祥，所以一个漂亮的和尚在如雨而下的甘蔗梢头中，从戏台逃下，也就是一个货真价实的失败的英雄。她不免发现了祖传的“惰性”，崇拜起来，对于追兵，也像我们的祖先的对于辽、金、元、清的大军似的，“不承认成功的英雄”了。在历史上，这结果是正如铢堂先生所说：“乃是中国的社会不树威是难得帖服的”，所以活该有“扬州十日”和“嘉定三屠”。但那时的乡下人，却好像并没有“树威”，走散了，自然，也许是他们料不到躲在家里。

因此我有了三个师兄，两个师弟。大师兄是穷人的孩子，舍在寺里，或是卖在寺里的；其余的四个，都是师父的儿子，大和尚的儿子做小和尚，我那时倒并不觉得怎么稀奇。大师兄只有单身；二师兄也有家小，但他对我守着秘密，这一点，就可见他的道行远不及我的师父，他的父亲了。而且年龄都和我相差太远，我们几乎没有交往。

三师兄比我恐怕要大十岁，然而我们后来的感情是很好的，我常常替他担心。还记得有一回，他要受大戒了，他不大看经，想来未必深通什么大乘教理，在剃得精光的囟门上，放上两排艾绒，同时烧起来，我看是总不免要叫痛的，这时善男信女，多数参加，实在不大雅观，也失了我做师弟的体面。这怎么好呢？每一想到，十分心焦，仿佛受戒的是我自己一样。然而我的师父究竟道力高深，他不说戒律，不谈教理，只在当天大清早，叫了我的三师兄去，厉声吩咐道："拚命熬住，不许哭，不许叫，要不然，脑袋就炸开，死了！"这一种大喝，实在比什么《妙法莲花经》或《大乘起信论》还有力，谁高兴死呢，于是仪式很庄严的进行，虽然两眼比平时水汪汪，但到两排艾绒在头顶上烧完，的确一声也不出。我嘘一口气，真所谓"如释重负"，善男信女们也个个"合十赞叹，欢喜布施，顶礼而散"了。

出家人受了大戒，从沙弥升为和尚，正和我们在家人行过冠礼，由童子而为成人相同。成人愿意"有室"，和尚自然也不能不想到女人。以为和尚只记得释迦牟尼或弥勒菩萨，乃是未曾拜和尚为师，或与和尚为友的世俗的谬见。寺里也有确在修行，没有女人，也不吃荤的和尚，例如我的大师兄即是其一，然而他们孤僻，冷酷，看不起人，好像总是郁郁不乐，他们的一把扇或一本书，你一动他就不高兴，令人不敢亲近他。所以我所熟识的，都是有女人，或声明想女人，吃荤，或声明想吃荤的和尚。

我那时并不诧异三师兄在想女人，而且知道他所理想的是怎样的女人。人也许以为他想的是尼姑罢，并不是的，和尚和尼姑"相好"，加倍的不便当。他想的乃是千金小姐或少奶奶；而作这"相思"或"单相思"——即今之所谓"单恋"也——的媒介的是"结"。我们那里的阔人家，一有丧事，每七日总要做一些法事，有一个七日，是要举行"解结"的仪式的，因为死人在未死之前，总不免开罪于人，存着冤结，所以死后要替他解散。方法是在这天拜完经忏的傍晚，灵前陈列着几盘东西，是食物和花，而其中有一盘，是用麻线或白头绳，穿上十来文钱，两头相合而打成蝴蝶式，八结式之类的复杂的，颇不容易解开的结子。一群和尚便环坐桌旁，且唱且解，解开之后，钱归和尚，而死人的一切冤结也从此完全消失了。这道理似乎有些古怪，但谁都这样办，并不为奇，大约也是一种"惰性"。不过解结是并不如世俗人的所推测，个个解开的，倘有和尚以为打得精致，因而生爱，或者故意打得结实，很难解散，因而生恨的，便能暗暗的整个落到僧袍的大袖里去，一任死者留下冤结，到地狱里去吃苦。这种宝结带回寺里，便保存起来，也时时鉴赏，恰如我们的或亦不免偏爱看看女作家的作品一样。当鉴赏的时候，当然也不免想到作家，打结子的是谁呢，男人不会，奴婢不会，有这种本领的，不消说是小姐或少奶奶了。和尚没有文学界人物的清高，所以他就不免睹物思人，所谓“时涉遐想”起来，至于心理状态，则我虽曾拜和尚为师，但究竟是在家人，不大明白底细，只记得三师兄曾经不得已而分给我几个，有些实在打得精奇，有些则打好之后，浸过水，还用剪刀柄之类砸实，使和尚无法解散。解结，是替死人设法的，现在却和和尚为难，我真不知道小姐或少奶奶是什么意思。这疑问直到二十年后，学了一点医学，才明白原来是给和尚吃苦，颇有一点虐待异性的病态的。深闺的怨恨，会无线电似的报在佛寺的和尚身上，我看道学先生可还没有料到这一层。

后来，三师兄也有了老婆，出身是小姐，是尼姑，还是“小家碧玉”呢，我不明白，他也严守秘密，道行远不及他的父亲了。这时我也长大起来，不知道从那里，听到了和尚应守清规之类的古老话，还用这话来嘲笑他，本意是在要他受窘。不料他竟一点不窘，立刻用“金刚怒目”式，向我大喝一声道：

“和尚没有老婆，小菩萨那里来？！”

这真是所谓“狮吼”，使我明白了真理，哑口无言。我的确早看见寺里有丈余的大佛，有数尺或数寸的小菩萨，却从未想到他们为什么有大小。经此一喝，我才彻底的省悟了和尚有老婆的必要，以及一切小菩萨的来源，不再发生疑问。但要找寻三师兄，从此却艰难了一点，因为这位出家人，这时就有了三个家了：一是寺院，二是他的父母的家，三是他自己和女人的家。

我的师父，在约略四十年前已经去世；师兄弟们大半做了一寺的住持；我们的交情是依然存在的，却久已彼此不通消息。但我想，他们一定早已各有一大批小菩萨，而且有些小菩萨又有小菩萨了。

原载于1936年4月《作家》月刊第1卷第1期

四位先生

老舍

吴组缃先生的猪

从青木关到歌乐山一带，在我所认识的文友中要算吴组缃先生为最阔绰。他养着一口小花猪。据说，这小动物的身价，值六百元！

每次我去访组缃先生，必附带的向小花猪致敬，因为我与组缃先生核计过了：假若他与我共同登广告卖身，大概也不会有人出六百元来买！

有一天，我又到吴宅去。给小江——组缃先生的少爷——买了几个比醋还酸的桃子。拿着点东西，好搭讪着骗顿饭吃，否则就太不好意思了。一进门，我看见吴太太的脸比晚日还红。我心里一想，便想到了小花猪。假若小花猪丢了，或是出了别的毛病，组缃先生的阔绰便马上不存在了！一打听，果然是为了小花猪：它已绝食一天了。我很着急，急中生智，主张给它点奎宁吃，恐怕是打摆子。大家都不赞同我的主张。我又建议把它抱到床上盖上被子睡一觉，出点汗也许就好了；焉知道不是感冒呢？这年月的猪比人还娇贵呀！大家还是不赞成。后来，把猪医生请来了。我颇兴奋，要看看猪怎么吃药。猪医生把一些草药包在竹筒的大厚皮儿里，使小花猪横衔着，两头向后束在脖子上：这样，药味与药汁便慢慢走入里边去。把药包儿束好，小花猪的口中好像生了两个翅膀，倒并不难看。

虽然吴宅有此骚动，我还是在那里吃了午饭——自然稍微的有点不得劲儿！

过了两天，我又去看小花猪——这回是专程探病，绝不为看别人；我知道现在猪的价值有多大——小花猪口中已无那个药包，而且也吃点东西了。大家都很高兴，我就又就棍打腿的骗了顿饭吃，并且提出声明：到冬天，得分给我几斤腊肉！组缃先生与太太没加任何考虑便答应了。吴太太说："几斤？十斤也行！想想看，那天它要是一病不起……"大家听罢，都出了冷汗！

马宗融先生的时间观念

马宗融先生的表大概是、我想是一个装饰品。无论约他开会，还是吃饭，他总迟到一个多钟头，他的表并不慢。

来重庆，他多半是住在白象街的作家书屋。有的说也罢，没的说也罢，他总要谈到夜里两三点钟。假若不是别人都困得不出一声了，他还想不起上床去。有人陪着他谈，他能一直坐到第二天夜里两点钟。表、月亮、太阳，都不能引起他注意到时间。

比如说吧，下午三点他须到观音岩去开会，到两点半他还毫无动静。“宗融兄，不是三点，有会吗？该走了吧？”有人这样提醒他，他马上去戴上帽子，提起那有茶碗口粗的木棒，向外走。“七点吃饭。早回来呀！”大家告诉他。他回答声“一定回来”，便匆匆地走出去。

到三点的时候，你若出去，你会看见马宗融先生在门口与一位老太婆，或是两个小学生，谈话儿呢！即使不是这样，他在五点以前也不会走到观音岩。路上每遇到一位熟人，便要谈，至少十分钟的话。若遇上打架吵嘴的，他得过去解劝，还许把别人劝开，而他与另一位劝架的打起来！遇上某处起火，他得帮着去救。有人追赶扒手，他必然得加入，非捉到不可。看见某种新东西，他得过去问问价钱，不管买与不买。看到戏报子，马上他去借电话，问还有票没有……这样，他从白象街到观音岩，可以走一天，幸而他记得开会那件事，所以只走两三个钟头，到了开会的地方，即使大家已经散了会，他也得坐两点钟，他跟谁都谈得来，都谈得有趣，很亲切，很细腻。有人随便哼了一句二簧，他立刻请教给他；有人刚买一条绳子，他马上拿过来练习跳绳——五十岁了啊！

七点，他想起来回白象街吃饭，归路上，又照样的劝架，救火，追贼，问物价，打电话……至早，他在八点半左右走到目的地。满头大汗，三步当作两步走的，他走了进来。饭早已开过了。

所以，我们与友人定约会的时候，若说随便什么时间，早晨也好，晚上也好，反正我一天不出门，你哪时来也可以，我们便说“马宗融的时间吧”！

姚蓬子先生的砚台

作家书屋是个神秘的地方，不信你交到那里一份文稿，而三五日后再亲自去索回，你就必定不说我扯谎了。

进到书屋，十之八九你找不到书屋的主人——姚蓬子先生。他不定在哪里藏着呢。他的被褥是稿子，他的枕头是稿子，他的桌上、椅上、窗台上……全是稿子。简单的说吧，他被稿子埋起来了。当你要稿子的时候，你可以看见一个奇迹。假如说尊稿是十张纸写的吧，书屋主人会由枕头底下翻出两张，由裤袋里掏出三张，书架里找出两张，窗子上揭下一张，还欠两张。你别忙，他会由老鼠洞里拉出那两张，一点也不少！

单说蓬子先生的那块砚台，也足够惊人了！那是块无法形容的石砚。不圆不方，有许多角儿，有任何角度。有一点沿儿，豁口甚多，底子最奇，四周翘起，中间的一点凸出，如元宝之背，它会像陀螺似的在桌上乱转，还会一头高一头低地倾斜，如浪中之船。我老以为孙悟空就是由这块石头跳出去的！

到磨墨的时候，它会由桌子这一端滚到那一端，而且响如快跑的马车。我每晚十时必就寝，而对门儿书屋的主人要办事办到天亮。从十时到天亮，他至少研十次墨，一次比一次响——到夜最静的时候，大概连南岸都感到一点震动。从我到白象街起，我没做过一个好梦，刚一入梦，砚台来了一阵雷雨，梦为之断。在夏天，砚一响，我就起来拿臭虫。冬天可就不好办，只好咳嗽几声，使之闻之。

现在，我已交给作家书屋一本书，等到出版，我必定破费几十元，送给书屋主人一块平底的，不出声的砚台！

何容先生的戒烟

首先要声明：这里所说的烟是香烟，不是鸦片。

从武汉到重庆，我老同何容先生在一间屋子里，一直到前年八月间。在武汉的时候，我们都吸"大前门"或"使馆"牌；小大"英"似乎都不够味儿。到了重庆，小大"英"似乎变了质，越来越"够"味儿了，"前门"与"使馆"倒仿佛没了什么意思。慢慢的，"刀"牌与"哈德门"又变成我们的朋友，而与小大"英"，不管是谁的主动吧，好像冷淡得日悬一日，不久，"刀"牌与"哈德门"又与我们发生了意见，差不多要绝交的样子。何容先生就决心戒烟！

在他戒烟之前，我已声明过：“先上吊，后戒烟！”本来吗，“弃妇抛雏”的流亡在外，吃不敢进大三元，喝么也不过是清一色（黄酒贵，只好吃点白干），女友不敢去交，男友一律是穷光蛋，住是二人一室，睡是臭虫满床，再不吸两支香烟，还活着干吗？可是，一看何容先生戒烟，我到底受了感动，既觉自己无勇，又钦佩他的伟大；所以，他在屋里，我几乎不敢动手取烟，以免动摇他的坚决！

何容先生那天睡了十六个钟头，一支烟没吸！醒来，已是黄昏，他便独自走出去。我没敢陪他出去，怕不留神递给他一支烟，破了戒！掌灯之后，他回来了，满面红光，含着笑，从口袋中掏出一包土产卷烟来。“你尝尝这个，”他客气地让我，“才一个铜板一支！有这个，似乎就不必戒烟了！没有必要！”把烟接过来，我没敢说什么，怕伤了他的尊严。面对面的，把烟燃上，我俩细细地欣赏。头一口就惊人，冒的是黄烟，我以为他误把爆竹买来了！听了一会儿，还好，并没有爆炸，就放胆继续地吸。吸了不到四五口，我看见蚊子都争着向外边飞，我很高兴。既吸烟，又驱蚊，太可贵了！再吸几口之后，墙上又发现了臭虫，大概也要搬家，我更高兴了！吸到了半支，何容先生与我也跑出去了，他低声地说：“看样子，还得戒烟！”

何容先生二次戒烟，有半天之久。当天的下午，他买来了烟斗与烟叶。“几毛钱的烟叶，够吃三四天的，何必一定戒烟呢！”

他说。吸了几天的烟斗，他发现了:（一）不便携带;（二）不用力，抽不到; 用力，烟油射在舌头上;（三）费洋火;（四）须天天收拾，麻烦！有此四弊，他就戒烟斗，而又吸上香烟了。“始作卷烟者，其无后乎！”他说。

最近二年，何容先生不知戒了多少次烟了，而指头上始终是黄的。

原载于 1942 年 6 月 22、23、24、25 日《新民报晚刊》

定和[1]是个音乐迷

沈从文

“定和是个音乐迷”，这句话从亲友口中说出时，实包含了一种温暖的爱，且说明定和为人与他一群姐妹兄弟性情癖好的稍稍游离。

我初次见定和还是民二十[2]以前。他正在美专习图案画，对于照相特别发生兴趣。可是图案画在中国，提倡者既不知从中国固有的铜玉木石和丝毛织物艺术品参考取法，又缺少用欧美精美图案作底子，当时作用且仅限于供应上海商业市场商品标志的需要，无前途可想而知。照相又只是从光影分配布置中见巧的艺术，其艺虽巧学成亦不甚困难。蕴藏于定和生命中的特长，即那点混和了忧郁幻想与奔放热忱而为一，对艺术几乎近于宗教虔敬的情绪，

① 定和：张定和，是沈从文夫人张兆和的三弟。——编者注

② 民二十：民国二十年，即 1931 年。——编者注

欲消纳它，转移它，当然只有用无固定性音符捕捉热烈而飘渺观念，重新组织加以表现的音乐，方可见功。定和因此就改学了音乐。这过程实由着迷开始，音乐迷的称呼即由此而来。

二十六年春天，有位常走江湖的西洋朋友从上海过北平旅行时，他告诉我认识了一个朋友，这人名张定和。认识以后从名姓上才想起一定是我的亲戚。可爱处就是那点超越功利世故的单纯气质，朋友觉得是中国五四以后青年少有的气质。他们那时一同住在法租界霞飞路附近一条马路上，各据一小房，比邻对窗，原本不相识。江湖朋友虽热爱人生，可不惯从已够骚乱的上海弄堂房子从耳朵浸入西洋古典音乐。定和却刚好买来一个廉价收音机，又借来个留声机，把两种刺激耳膜的玩意儿，终日轮流开放，闹得个神经质的朋友简直要神经衰弱。以为中国是个讲节制的国家，那有人这么不讲道理，整天成夜让洋人古典音乐折磨自己，不以为意。自己即不以为意，不想想邻居之人是否能够安静？最不能使洋先生原谅的，也许还是定和午夜以后还在窗边手舞足蹈的狂态：一脑子古怪欲迸出未迸的狂态。这个有修养的老洋人真上了火，皱了个中国式八字眉摇头说："嗐，艺术家，你难道当真已经和地球那边有些人一样，为音乐着了迷吗？"过不久，他们大致在法租界什么俄罗斯伯爵小饭馆，同吃四毛钱一顿的毛子饭时，偶然有了说话的机会，一谈天，才知道定和原来当真是个音乐迷。肖邦、巴赫、莫扎特，或舒伯特，这位或那位，总之凡是地球另外一边那些会用五线谱先迷住了自己一生，又迷住了世界一世纪半世纪的人物，早已把定和征服了。他的可爱处就是那点狂与痴混和作成的无可比拟的忠诚，简直是病入膏肓，不可救药。因之久住中国饱看内战的洋先生说："这性格太可爱了。我就想不到十五岁就玩政治，二十岁就吃政治饭的早熟中国青年中，还有你那么一个天真烂漫的人！"从此他们成了好朋友。

九年前的八月二十一，上海战事正十分激烈。定和担心他的乐谱会丧失，抱了一堆不值钱的物事，由上海回到苏州家中。看看家中那一房子旧书，那几大箱旧画，以及那些老式大皮箱中的世传珍贵的珠玉玩好，貂褂狐裘，觉得不拘是什么，都在战争中无意义，存在或遗失，对于他都无多关系。临走时，却一样东西都不带，还是抱了那一捆沉甸甸的旧乐谱，上路向后方跑。苏州，合肥，武汉，一直跑到重庆，知道音乐迷资格还存在，方才停住放了心。身边既一无所有，只有一堆使个人发迷的乐谱，好，啃乐谱吧，于是在国立戏剧学校教音乐了。这就是他后来作曲，一部分是话剧中插曲，——如《满江红》《棠棣之花》《大雷雨》[①] 等插曲，和近十年话剧发生重要关连的原因。过不久，他又离开了剧校，转入重庆中央广播电台，任作曲专员。虽然是定期将新作的抒情歌曲，或与战争时事有关的新歌曲，由电台广播，如《偶然……》《青年从军歌》，及《庆祝废除不平等条约歌》，许多曲子因之产生。

---

①《棠棣之花》：剧本，郭沫若著。《大雷雨》：剧本，俄国奥斯特洛夫斯基著。——编者注

从抗战到胜利和平，八年[①]中我一家四口都住在昆明，且多半住在昆明近郊一个乡村中。昆明是个被轰炸损害仅次于重庆的后方城市。有大半年时间，三十万市民就每日在跑空袭中过去。从最先一次二十八架敌机轰炸，作成学生平民的死亡起始，以及最后一次七十六架敌机冒险来临，在晴日当头七千呎[②]高空中，被盟机打下四十二架一一下坠的惨败光景为止，每一回空袭我一家人都看得清清楚楚。白天敌机来临警报响后，跑入村后山中去，从二丈许高的绿荫荫仙人掌道堆间，向明净蓝空注目，即可见一列列带银光的点子发出沉重哄哄声。随即是炸弹群下坠于附近飞机场或较远城区时的闷钝爆炸声，和追逐飞机去向那个成串高射炮弹的白色烟云，耳目所及让我们明白是生存于现代战争中，凡轮到中国人民头上的，我们也都有一份。临时可以支付。至于一到夜晚，情形可就不同了。我说不定刚从被炸过的城市回来，带了点给孩子们见识的弹片，和给自己的一片流血印象，但战争俨然已离远了。一家大小四人围坐在一张矮矮方桌边从一盏竹架作成的老式菜油灯照明中，黯黄黄灯光下，一面吃饭一面听取后山不远的狼嗥，生活似乎又已回转一百年，不仅与战争远离，与现代一切都隔绝了。孩子们生命活跃，在这样两种完全不同对照生活中，仍不失其丰富联想，对一切都欢喜提出问题。有些问题骤然

① 此处指从 1937 年全国性抗日开始到 1945 年日本投降的八年。——编者注

② 呎：英尺的旧称。——编者注

问出，实容易窘倒母亲。我们想用说故事方式，给予他们一点抵抗当前中和当前的教育，就一面为说点祖先过去焚林猎狩的故事，一面还为制造点明日冒险家月球旅行的故事。长期轰炸作成的生命死亡，与乡下因霍乱来临大规模死亡的情状，既嵌入小小心子中，作成对于战争的恐怖与不可解印象，乡居生活的困苦单纯，与另外一些人的豪富奢侈对照，又作成另外一种迷惑印象，书报上也不能作满意答解时，我们就为说明，这种种不幸和不公平，凡有知识的人都得忍受，为的是从忍受中可能为我们寄身的国家，带来一个长期富强与和平，以及为个人带来一种新的愉快。属于孩子们的最大愉快，即战争胜利后，会有一天，全家飞到上海去，坐在一个大戏院楼厅的柔软舒服椅子上，和爱中国爱孩子的洋伯伯，同嚼点好吃糖果，参加音乐迷定和三舅舅的作品演奏会，看能在幕前作指挥演奏他个人的作品，并听听那些好听动人的歌声，和使人感动的巴掌声！从歌声和巴掌声里，都可以让我们温习一下过去国家的暗淡痛苦，以及挣扎的努力，也可以让我们想象未来种种幸福，等待它的慢慢实现。

不意战争当真即用草草率率的“胜利”来结束了。我们且居然由昆明滇池边一个小小村子走出，共同来到热闹万分的上海市，准备参加定和的作品演奏会了。可是国家社会却正陷入一种新的可怕的纷乱中，稍有头脑的人，都知道明日可能有些什么事，会使所有中国人都得在一个新的痛苦经验中受试验。也正若给孩子们一种教训，即一离开戏院，就必须和所有在战争中长大的中国孩子一样，担负明日欢喜玩枪弄炮的人物坏习惯给社会国家所造成的恐怖和不幸，且在这种恐怖不幸中，大规模作不必要的牺牲。这一点，目前和孩子说来也许并不很懂得。但凡是为人父的，试想想，能不能不为这个明日怵目惊心，要想个办法，为他们有所准备！

我是个弄文学的人，照例得随同历史发展，学习认识这个社会有形制度和无形观念的变迁。三十年来虽明白社会重造和人的重造，文学永不至于失去其应有作用。爱与同情的抽象观念，尤其容易和身心健康品质优良的年轻生命相结合，形成社会进步的基础。但在当前少数人病态残忍情绪扩张所作成的局面下，任何伟大文学，对之能发生如何作用，就不免感到困惑——可是却保留一点希望，即文学或其他艺术，尤其是最容易与年轻生命结合的音乐，此一时或彼一时，将依然能激发一些人做人的勇气和信心，使之对一切不良现实所作成的信仰敢于怀疑，承认以外还知否定，于明日将来接受更大挫败时，始终不至于随便倒下或退逃躲避。这点希望使我想起“音乐迷”三个字的庄严意义。当塔塔木林①先生的悲天悯人处，与马歇尔②，司徒雷登③的善意都显然证明不济事

① 塔塔木林：萧乾。——编者注

② 马歇尔：美国国务卿，1945年至1947年任驻华特使，以“调处”为名，参与国共谈判。——编者注

③ 司徒雷登：美国人，1919年起任燕京大学校长，1946年任美驻华大使。——编者注

时，音乐迷或其他方面凡是能对当前病态现实有否定作用的文化迷，于明日都有其异常庄严的意义。

定和的年龄刚过青年而转入壮年时代，过去的“迷”既已证明了迷的收获，不是一般头脑放假者流所能企及，自然不会即以当前成就自限，还能作更庄严持久的跋涉。重新检讨研究这个国家民族弱点和长处，以及文化史各部门所表现情操和愿望的方式，来好好消化它，综合它，再从乐曲中加以重视，产生更多宏伟坚实的作品，这种成就和其他方面个人或集团致力研究的文学或科学成就，另一时将异途同归，归于给多数目前正由青年转入壮年一代为人父的，在另外一回困难来临时，还不至于失去对于做人的信心，为孩子说故事，把故事重编，说明这个国家的和平与幸福，虽经前人种种努力而获得，但不久又即为前人在疏忽中毁去。一切玩火者的结果，在来不及悟、悔、愧而有所振作以图补救时，已大都完事了。国家也破碎得差不多了。但年轻一代，却必须充满信心和勇气生活下去，好好接受一种争夺以外的教育，用爱与合作代替夺权势来解释“政治”二字的含义，真正的进步与幸福，在这种憧憬中，才会重新来到人间！

原载于1946年8月20日《大公报·文艺》第49期

致沈从文

林徽因

二哥：

世间事有你想不到的那么古怪，你的信来的时候正遇到我双手托着头在自恨自伤的一片苦楚的情绪中熬着。在廿四个钟头中，我前前后后，理智的，客观的，把许多纠纷痛苦和挣扎或希望或颓废的细目通通看过好几遍，一方面展开事实观察，一方面分析自己的性格情绪历史，别人的性格情绪历史，两人或两人以上互相的生活，情绪和历史，我只感到一种悲哀，失望，对自己对生活全部都失望无兴趣。我觉到像我这样的人应该死去；减少自己及别人的痛苦！这或是暂时的一种情绪，一会儿希望会好。

在这样的消极悲伤的情景下，接到你的信，理智上，我虽然同情你所告诉我你的苦痛（情绪的紧张），在情感上我却很羡慕你那么积极，那么热烈，那么丰富的情绪，至少此刻同我的比，我的显然萧条颓废消极无用。你的是在情感的尖锐上奔进！

可是此刻，我们有个共同的烦恼，那便是可惜时间和精力，因为情绪的盘旋而耗废去。

你希望抓住理性的自己，或许找个聪明的人帮忙整理一下你的苦恼或是“横溢的情感”，设法把它安排妥帖一点，你竟找到我来，我懂得的，我也常常被同种的纠纷弄得左不是右不是，生活掀在波澜里，盲目的同危险周旋，累得我既为旁人焦灼，又为自己操心，又同情于自己又很不愿意宽恕放任自己。

不过我同你有大不同处：凡是在横溢奔放的情感中时，我便觉到抓住一种生活的意义，即使这横溢奔放的情感所发生的行为上纠纷是快乐与苦辣对渗的性质，我也不难过不在乎。我认定了生活本身原质是矛盾的，我只要生活；体验到极端的愉快，灵质的，透明的，美丽的近于神话理想的快活，以下我情愿也随着赔偿这天赐的幸福，埋在悲痛，纠纷，失望，无望，寂寞中挨过若干时候，好像等自己的血来在创伤上结痂一样！一切我都在无声中忍受，默默的等天来布置我，没有一句话说！（我且说说来给你做个参考。）

我所谓极端的，浪漫的或实际的都无关系，反正我的主义是要生活，没有情感的生活简直是死！生活必须体验丰富的情感，把自己变成丰富，宽大，能优容，能了解，能同情种种“人性”，能懂得自己，不苛责自己，也不苛责旁人，不难自己所不能，也不难别人所不能，更不怨运命或是上帝，看清了世界本是各种人性混合做成的纠纷，人性又就是那么一回事，脱不掉生理，心理，环境习惯，先天特质的凑合！把道德放大了讲，别裁判或裁削自己。任性到损害旁人时如果你不忍，你就根本办不到任性的事。（如果你办得到，那你那种残忍，便是你自己性格里的一点特性，也用不着过分的去纠正。）想做的事太多，并且相互冲突时，拣最想做——想做到顾不得旁的牺牲——的事做，未做时心中发生纠纷是免不了的，做后最用不着后悔，因为你既会去做，那桩事便一定是不可免的，别尽着罪过自己。

我方才所说到极端的愉快，灵质的，透明的，美丽的快乐，不知道你有否同一样感觉。我的确有过，我不忘却我的幸福。我认为最愉快的事都是一闪亮的，在一段较短的时间内迸出神奇的——如同两个人透彻的了解：一句话打到你心里，使得你理智和感情全觉到一万万分满足；如同相爱：在一个时候里，你同你自身以外另一个互相以彼此存在为极端的幸福；如同恋爱，在那时那刻眼所见，耳所听，心所触无所不是美丽，情感如诗歌自然的流动，如花香那样不知其所以。这些种种便都是一生中不可多得的瑰宝。世界上没有多少人有那机会，且没有多少人有那种天赋的敏感和柔情来尝味那经验，所以就有那种机会也无用。如果有如诗剧神话般的实景，当时当事者本身却没有领会诗的情感又如何行？即使有了，只浅俗的赏月折花的限量，那又有什么话说？！转过来说，对悲哀的敏感容量也是生活中可贵处。当时当事，你也许得流出血泪，过去后那些在你经验中也是不可鄙视的创痂。（此刻说说话，我倒暂时忘记了昨天到今晚已整整哭了廿四小时，中间仅仅睡了三四个钟头，方才在过分的失望中颓废着觉到浪费去时间精力，很使自己感叹。）在夫妇中间为着相爱纠纷自然痛苦，不过那种痛苦也是夹着极端丰富的幸福在内的。冷漠不关心的夫妇结合才是真正的悲剧！

如果在“横溢情感”和“僵死麻木的无情感”中叫我来拣一个，我毫无问题要拣上面的一个，不管是为我自己或是为别人。人活着的意义基本的是在能体验情感。能体验情感还得有智慧有思想来分别了解那情感——自己的或别人的！如果再能表现你自己所体验所了解的种种在文字上——不管那算是宗教或哲学，诗，或是小说，或是社会学论文——（谁管那些）——使得别人也更得点人生意义，那或许就是所有的意义了——不管人文明到什么程度，天文地理科学的通到那里去，这点人性还是一样的主要，一样的是人生的关键。

在一些微笑或皱眉印象上称较分量，在无边际人事上驰骋细想正是一种生活。

算了吧！二哥，别太虐待自己，有空来我这里，咱们再费点时间讨论讨论它，你还可以告诉我一点实在情形。我在廿四小时中只在想自己如何消极到如此田地苦到如此如此，而使我苦得想去死的那个人自己在去上海火车中也苦得要命，已经给我来了两封电报一封信，这不是“人性”的悲剧么？那个人便是说他最不喜欢人性的梁二哥！

徽因

你一定得同老金[①]谈谈，他真是能了解同时又极客观极同情极懂得人性，虽然他自己并不一定会提起他的历史。

选自《林徽因集》，人民文学出版社2014年12月

① 老金：指金岳霖。——编者注

我所见的叶圣陶

朱自清

我第一次与圣陶见面是在民国十年的秋天。那时刘延陵兄介绍我到吴淞炮台湾中国公学教书。到了那边，他就和我说：“叶圣陶也在这儿。”我们都念过圣陶的小说，所以他这样告我。我好奇地问道：“怎样一个人？”出乎我的意外，他回答我：“一位老先生哩。”但是延陵和我去访问圣陶的时候，我觉得他的年纪并不老，只那朴实的服色和沉默的风度与我们平日所想象的苏州少年文人叶圣陶不甚符合罢了。

记得见面的那一天是一个阴天。我见了生人照例说不出话；圣陶似乎也如此。我们只谈了几句关于作品的泛泛的意见，便告辞了。延陵告诉我每星期六圣陶总回角直去；他很爱他的家。他在校时常邀延陵出去散步；我因与他不熟，只独自坐在屋里。不久，中国公学忽然起了风潮。我向延陵说起一个强硬的办法；——实在是一个笨而无聊的办法！——我说只怕叶圣陶未必赞成。但是出乎我的意外，他居然赞成了！后来细想他许是有意优容我们吧；这真是老大哥的态度呢。我们的办法天然是失败了，风潮延宕下去；于是大家都住到上海来。我和圣陶差不多天天见面；同时又认识了西谛、予同[①]诸兄。这样经过了一个月；这一个月实在是我的很好的日子。

我看出圣陶始终是个寡言的人。大家聚谈的时候，他总是坐在那里听着。他却并不是喜欢孤独，他似乎老是那么有味地听着。至于与人独对的时候，自然多少要说些话；但辩论是不来的。他觉得辩论要开始了，往往微笑着说："这个弄不大清楚了。"这样就过去了。他又是个极和易的人，轻易看不见他的怒色。他辛辛苦苦保存着的《晨报》副张，上面有他自己的文字的，特地从家里捎来给我看；让我随便放在一个书架上，给散失了。当他和我同时发见这件事时，他只略露惋惜的颜色，随即说："由他去末哉，由他去末哉！"我是至今惭愧着，因为我知道他作文是不留稿的。他的和易出于天性，并非阅历世故，矫揉造作而成。他对于世间妥协的精神是极厌恨的。在这一月中，我看见他发过一次怒；——始终我只看见他发过这一次怒——那便是对于风潮的妥协论者的蔑视。

风潮结束了，我到杭州教书。那边学校当局要我约圣陶去。圣陶来信说："我们要痛痛快快游西湖，不管这是冬天。"他来了，教

① 西谛、予同：指郑振铎、周予同。——编者注

我上车站去接。我知道他到了车站这一类地方，是会觉得寂寞的。他的家实在太好了，他的衣着，一向都是家里管。我常想，他好像一个小孩子；像小孩子的天真，也像小孩子的离不开家里人。必须离开家里人时，他也得找些熟朋友伴着；孤独在他简直是有些可怕的。所以他到校时，本来是独住一屋的，却愿意将那间屋做我们两人的卧室，而将我那间做书室。这样可以常常相伴；我自然也乐意。我们不时到西湖边去；有时下湖，有时只喝喝酒。在校时各据一桌，我只预备功课，他却老是写小说和童话。初到时，学校当局来看过他。第二天，我问他："要不要去看看他们？"他皱眉道："一定要去么？等一天罢。"后来始终没有去。他是最反对形式主义的。

那时他小说的材料，是旧日的储积；童话的材料有时却是片刻的感兴。如《稻草人》中《大喉咙》一篇便是。那天早上，我们都醒在床上，听见工厂的汽笛；他便说："今天又有一篇了，我已经想好了，来的真快呵。"那篇的艺术很巧，谁想他只是片刻的构思呢！他写文字时，往往拈笔伸纸，便手不停挥地写下去；开始及中间，停笔踌躇时绝少。他的稿子极清楚，每页至多只有三五个涂改的字。他说他从来是这样的。每篇写毕，我自然先睹为快；他往往称述结尾的适宜，他说对于结尾是有些把握的。看完，他立即封寄《小说月报》；照例用平信寄。我总劝他挂号；但他说："我老是这样的。"他在杭州不过两个月，写的真不少，教人羡慕不已。《火灾》里从《饭》起到《风潮》这七篇，还有《稻草人》中一部分，都是那时我亲眼看他写的。

在杭州待了两个月，放寒假前，他便匆匆地回去了；他实在离不开家，临去时让我告诉学校当局，无论如何不回来了。但他却到北平住了半年，也是朋友拉去的。我前些日子偶翻十一年的《晨报副刊》，看见他那时途中思家的小诗，重念了两遍，觉得怪有意思。北平回去不久，便入了商务印书馆编译部，家也搬到上海。从此在上海待下去，直到现在——中间又被朋友拉到福州一次，有一篇《将离》抒写那回的别恨，是缠绵悱恻的文字。这些日子，我在浙江乱跑，有时到上海小住，他常请了假和我各处玩儿或喝酒。有一回，我便住在他家，但我到上海，总爱出门，因此他老说没有能畅谈；他写信给我，老说这回来要畅谈几天才行。

十六年一月，我接眷北来，路过上海，许多熟朋友和我饯行，圣陶也在。那晚我们痛快地喝酒，发议论；他是照例地默着。酒喝完了，又去乱走，他也跟着。到了一处，朋友们和他开了个小玩笑；他脸上略露窘意，但仍微笑地默着。圣陶不是个浪漫的人；在一种意义上，他正是延陵所说的“老先生”。但他能了解别人，能谅解别人，他自己也能“作达”，所以仍然——也许格外——是可亲的。那晚快夜半了，走过爱多亚路，他向我诵周美成的词，“酒已都醒，如何消夜永”！我没有说什么；那时的心情，大约也不能说什么的。我们到一品香又消磨了半夜。这一回特别对不起圣陶；他是不能少睡觉的人。他家虽住在上海，而起居还依着乡居的日子；早七点起，晚九点睡。有一回我九点十分去，他家已熄了灯，关好门了。这种自然的，有秩序的生活是对的。那晚上伯祥说："圣兄明天要不舒服了。"想起来真是不知要怎样感谢才好。

第二天我便上船走了，一眨眼三年半，没有上南方去。信也很少，却全是我的懒。我只能从圣陶的小说里看出他心境的迁变；这个我要留在另一文中说。圣陶这几年里似乎到十字街头走过一趟，但现在怎么样呢？我却不甚了然。他从前晚饭时总喝点酒，"以半醺为度"；近来不大能喝酒了，却学了吹笛——前些日子说已会一出《八阳》，现在该又会了别的了吧。他本来喜欢看看电影，现在又喜欢听听昆曲了。但这些都不是"厌世"，如或人所说的；圣陶是不会厌世的，我知道。又，他虽会喝酒，加上吹笛，却不曾抽什么"上等的纸烟"，也不曾住过什么"小小别墅"，如或人所想的，这个我也知道。

选自《你我》，商务印书馆 1936 年

永不能忘的先生[①]

邹韬奋

曾经偶然在西报上的“补白”里看到这两句怪有趣的话：

A gossip is one who talks to you about others; a bore is one who talks to you about himself.

如把这两句话勉强译成中文，大意也许可以这样说：“喜欢闲谈的人，就是对你瞎谈着别人的事情；令人讨厌的人，就是对你尽谈着关于他自己的事情。”我说“勉强译成”，因为一种文字的幽默意味，最难一点不走漏地译成别一种文字，但是无论如何，大意是可以明白的了。我尤其注意第二句，即“令人讨厌的人，就是对你尽谈着关于他自己的事情”。一个人谈到自己的事情，往往

① 本文节选自《二十年来的经历》一文。——编者注

要啰啰哧哧地拖泥带水地说个不完，使人听了感觉到厌烦，诸君也许已经有过这样听得不耐烦的经验吧。我有鉴于此，所以向来对于“自述”一类的文字不愿写。

最近因为在香港办了几个月的报，回到上海以后，有不少朋友问起在香港的情形，我便写了好几篇《在香港的经历》(登在《生活星期刊》)，原来不过随笔写来，拉杂谈谈而已，不料有好多读者写信来勉励我要多写一些，大概还不觉得怎样厌烦；但是在香港几个月的经历就不过那一些，所以登了九期就把它结束了。可是经读者的这样怂恿，我又转着念头，想要尝试写几篇《二十年来的经历》，不知道要不要引起诸君的厌烦。倘若读者听得厌烦，我希望不客气地写信来警告一下，我便可提早结束，或不再写下去。

我这二十年来的经历，想从小学时代谈起。当时我所进的是南洋公学附属小学，校长是沈淑逵先生。他是一位很精明干练的教育家，全副精神都用在这个小学里面，所以把学校办得很好。我们那一级的主任教员是沈永癯先生，他教我们国文和历史——我最感兴趣的科目。他那样讲解得清晰有条理，课本以外所供给的参考材料的丰富，都格外增加了我的研究兴趣。我尤其受他的熏陶的是他的人格的可爱。我这里所谓人格，是包括他的性格的一切。他的服饰并不华丽，但是非常整洁，和我所不喜欢的蓬头垢面的自命名士派的恰恰相反。他对于所教授的科目有着充分的准备，我对于他所教的科目有任何疑难，他都能给我以满意的解释。他教得非常认真，常常好像生怕我们有一句一字不明了；他的认真和负责的态度，是我一生做事所最得力的模范。他并没有什么呆板的信条教给我，但是他在举止言行上给我的现成的榜样，是我终身所不能忘的。我自己做事，没有别的什么特长，凡是担任了一件事，我总是要认真，要负责，否则宁愿不干。这虽然是做事的人所应该有的起码的条件，但是我却永远不能忘却永瓘先生给我的模范。此外令我倾倒的是他的和蔼可亲的音容。他对于学生总是和颜悦色的，我从来没有看见他动过气；我上他的课，比上任何人的课都来得愉快。但是他所以得到学生的敬爱，并不是由于姑息，随便，撒烂污，却是由于认真而又不致令人难堪。我当时敬爱这位先生的热度可以说是很高很高，但是并未曾对他表示过我的这样的心意。现在这位良师已去世多年了，可是我一生不能忘记他。

当时我们的一级里只有二十个同学，因为人数少，彼此的个性相知很深，现在有的做医生，有的做律师，有的做工程师，有的服务于邮政局。陆鼎揆律师也是当时同级里的同学之一。在国文一课，我们俩是劲敌。每星期有一次作文，永瓘先生批卷很严：最好的文章，他在题目上加三圈，其次的加两圈，再次的加一圈；此外仅于一篇之中比较有精彩的句子的点断处加双圈。每次文卷发下来的时候，大家都好像急不及待地探听谁有着三圈，谁有着两圈，谁有着一圈，乃至于下课后争相比较句子点断处的双圈谁多。有的同学紧紧地把文卷藏在课桌的抽屉里，压在重重的课本下，生怕有人去偷看它，那很显然地是一个双圈都没有！当时我们那种竞赛得津津有味的神情，大家都感觉到很深切的兴趣。有了这样的竞赛，每星期都受着一次推动，大家都的确容易有进步。

选自《经历》，生活书店 1937 年 4 月

第七章

一岁一礼一寸欢喜

新年底故事

朱自清

昨天家里来了些人到厨房里煮出些肉包子，糖馒头，和三大块风糖糕来；他们倒是好人哩！娘和姊姊嫂嫂裹得好粽子；娘只许我吃一个，嫂嫂又给我一个，叫我别告诉娘；我又跟姊姊要，姊姊说我再吃不得了；——好笑，伊吃得，我吃不得！——后来郭妈妈偷给我一个，拿在手里给我看了，说替我收着，饿了好吃。

肉包子，糖馒头，风糖糕，我都吃了些，又趁娘他们不见，每样拿了几个，将袍子兜了，想藏在床里去；不想间壁一只狗跑来，尽向我身上闻，我又怕又急，只得紧紧抱着袍角儿跑；狗也跟着，我便叫起来。娘在厨房里骂我“又作死了”，又叫姊姊。一会大姊姊来了，将狗打走；夺开我的兜儿一看，说“你拿这些，还吃死了呢！”伊每样留下一个，别的都拿去了；伊收到自己床里去呢！晚间郭妈妈又和我要去一块风糖糕；我只吃了一个肉包子和糖馒头罢了。

今晚上家里桌子、椅子都披上红的、花的衫儿，好看呢！到处点着红的蜡烛；他们磕起头来，我跟着磕了一会；爸爸、娘又给他俩磕头，我也磕了。他们问我墙上挂着，画的两个人儿是谁？我说“一个男人一个女人”。娘笑说，“这是祖爷爷和祖奶奶哩！”我想他们只有这样大的！——呀！桌子摆好了！我先爬上凳子跪得高高地，筷子紧紧捏在手里；他们也都坐拢来。李二拿了好些盘菜放在桌上，又端一碗东西放在盘子中间，热气腾腾地直冒；我赶紧拿着筷子先向了几向，才伸出去；菜还没有夹着，早见娘两只眼正看着我呢，伊鼻子眼里哼了一声，我只得赳赳地将筷子缩回来，放在嘴里咂着。姊姊望着我笑，用指头刮着脸羞我；我别转脸来，咕嘟着嘴不睬伊。后来娘他们都动筷子了，他们一筷一筷地夹了许多菜给我；我不管好歹，眼里只顾看着面前的一只碗，嘴里不住地嚼着。嚼到后来，忽然不要嚼了；眼里看着，心里爱着，只是菜不知怎么，都不好吃了。——我只得让它们剩在碗里，独自一个攀着桌子爬下来了。

娘房里，哥哥嫂嫂房里，姊姊房里都点着一对通红的大蜡烛；郭妈妈也将我们房里的点了，叫我去看。我要爬到桌上去看，郭妈妈不许，我便跳起来嚷着。伊大声叫道，“太太，你看，宝宝要玩蜡烛哩！”娘在伊房里说，“好儿子，别闹，你娘给好东西你吃！”伊果然拿着一盘茶果进来；又有一个红纸包儿，说是一块钱，给我“压岁”的，娘交给郭妈妈收着，说不许我瞎用。我只顾抓茶果吃，又在小箱子里拿出些我的泥宝宝来：这一个是小娘娘八月节买给我的，这一个是施伟仁送我的，这些是爸爸在上海买来的。我教他们都站在桌上，每人面前，放些茶果，叫他们吃。——呀！

他们怎么不吃！我看见娘放好几碗菜在画的人儿面前，给他们吃；我的宝宝们为什么不吃呢？呵！只怕我没有磕头罢，赶快磕头罢！

郭妈妈说话了；伊抱着我说，“明天过年了，多有趣呢！”粽子，包子，都听我吃。衣服，鞋子，帽子都穿新的——要“斯文”些。舅舅家的阿龙，阿虎，娘娘家的毛头，三宝都来和我玩耍。伊说有许多地方要把戏的，只要我们不闹，便带我们去。我忙答应说，“好妈妈，宝宝是不闹的，你带了他去罢！”伊点点头，我便放心了。伊又说要买些花炮给我家来放，伊说去年我也放过；好有趣哩！伊一头说，一头拍着我，我两个眼皮儿渐渐地合拢了。

我果然同着阿龙、阿虎他们在附近一个大操场上；我抱在郭妈妈怀里，看着耍猴把戏的。那猴儿一上一下爬着杆儿，我只笑着用手不住地指着叫“咦！咦！”忽然旁边有一个人说，“它看你呢！”我仔细一看，猴儿果然在看我，便吓得要哭；那人忽然笑了一个可怕的笑，说，“看着我罢！”我又安了心。忽然一声锣响，我回头一看，我已在一个不识的人的怀里了！我哭着，叫着，挣着；耳边忽然郭妈妈说，“宝宝怎么了，妈妈在这里。不怕的！”我才晓得还在郭妈妈怀里；只不知怎么便回来了？

太阳在地板上了，郭妈妈起来。我也揉着眼睛；开眼一看，桌上我的宝宝们都睡着了——他们也要睡觉呢。青梅呢？我的小青梅呢？宝宝顶顶喜欢的青梅呢？怎么没了？我哭了。郭妈妈忙跑来问什么事，我哭着全告诉了伊。伊在桌上找了一阵；在地板上太阳里找着一片核子，说被“绿尾巴”吃了。我忙说，“唔！宝宝怕！”

将头躲在伊怀里；伊说，“不怕，日里他不来的，你只要不哭好了！”我要起来，伊叫我等着，拿衣服给我穿；伊拿了一件花棉袄，棉裤，一件红而亮的袍子，一件有毛的背心，是黑的，还有双花鞋，一个有许多金宝宝的风帽；伊帮我穿了衣和鞋，手里拿着风帽，说洗了脸才许戴呢。我真喜欢那个帽，赶忙地央着郭妈妈拿水来给我洗了脸，拍了粉，又用筷子给我点胭脂在我眉毛里，和鼻子上，又给我戴了风帽；说今天会有人要我做小女婿呢。我欢天喜地跑到厨房里，赶着人叫“恭喜”——这是郭妈妈教我的，一会郭妈妈端了一碗白圆子和一个粽子给我吃了；叫我跟着伊到菩萨前，点起香烛磕头，又给爸爸娘他们磕头。郭妈妈说有事去，叫我好好玩，不要弄污了衣服，毛头、三宝就要来了。

好多时，毛头、三宝和小娘娘都来了。我和他们忙着办菜给我的泥宝宝吃；正拿着些点心果子，切呀剥的，郭妈妈走来，说带我们上街去。我们立刻丢下那些跟着她走。街上门都关着；我们常买落花生的小店也关了。一处处有“斯奉斯奉昌……镗镗镗镗鞈”的声音。我问郭妈妈，伊说是打锣鼓呢。又看见一家门口一个人一只手拿着一挂红红白白的东西，一搭一搭的，那只手拿着一根“煤头”要烧；郭妈妈忙说，“放爆竹了。”叫我们站住，用手闭了耳朵，伊说“不要怕，有我呢”。我见那爆竹一个个地跳了开去，仿佛有些响，右手这一松，只听见“劈！拍！”我一只耳朵几乎震聋了，赶紧地将它闭好，将身子紧紧挨着郭妈妈，一动也不敢动。爆竹只怕不放了，郭妈妈叫我们放下手，我只是指着不肯放；郭妈妈气着说，“你看这孩子！……”伊将我的手硬拖下来了。走了不远，有一个摊儿；我们近前一看，花花绿绿的，好东西多着呢！我央着郭妈妈买。伊给我买了一副黑眼镜，一个鬼脸，一个胡须，一把木刀，又给毛头买了一个胡须，给三宝买了一个胡须。我戴了眼镜，叫郭妈妈给我安了胡须；又趁三宝看着我，将伊手里的胡须夺了就跑，三宝哭了，毛头走来追我。我一个不留意，将右脚踏在水潭里，心里着急，想娘又要骂了。毛头已将胡须拿给三宝；他们和郭妈妈走来。伊说我一顿，我只有哭了；伊又抱起我说，“好宝宝，别哭，郭妈妈回来给你换一双，包不叫娘晓得；只下次再不许这样了。”我答应我们就回来了。

今晚是初五。郭妈妈和我说，明天新衣服要脱下来，椅子桌子红的，花的衫儿也不许穿了，粽子，肉包子，糖馒头，风糖糕，只有明天一早好吃了；阿龙，阿虎他们都不来了；叫我安稳些，好等后天上学堂念书罢！他们真动手将桌子，椅子的衫儿脱下，墙上画的人儿也卷起了。我一毫不想玩耍，只睡在床上哭着。郭妈妈拿了一支快点完的红蜡烛，到床边问道，“你又怎么了？谁给气宝宝受；妈妈是不依的！”我说“现在年不过了！”伊说，“痴孩子，为这个么！我是骗骗你的；明天我们正要到舅舅家过年去呢！起来罢，别哭了。”我听了伊的话，笑着坐起来，问道，“妈妈，是真的么？别哄你宝宝哩。”

原载于1921年1月1日浙江省立第一师范《十日刊》新年号

婿乡年节

郁达夫

一看到了“婿乡”的两字，或者大家都要联想到淳于髡的卖身投靠上去。我可没有坐吃老婆饭的福分，不过“杭州”两字实在用腻了，改作“婿乡”，庶几可以换一换新鲜；所以先要从杭州旧历[①]年底老婆所做的种种事情说起。

第一，是年底的做粽子与枣饼。我说：“这些东西，做它作啥！”老婆说：“横竖是没有钱过年了，要用索性用它一个精光，籴两斗糯米来玩玩，比买航空券总好些。”于是乎就有了粽子与枣饼。

第二，是年三十晚上的请客。我说：“请什么客呢？到杭州来吃他们几顿，不是应该的么？”老婆说：“你以为他们都是你丈母娘——据风雅的先生们说，似乎应该称作泰水的——屋里的人么？礼尚往来，吃人家的吃得那么多，不回请一次，倒好意思？”于

① 旧历：即夏历，也称农历。——编者注

是乎就请客。

酒是杭州的来得贱，菜只教自己做做，也不算贵。麻烦的，是客人来之前屋里厨下的那一种兵荒撩乱的样子。

年三十的午后，厨下头刀兵齐举，屋子里火辣烟熏，我一个人坐在客厅上吃闷酒。一位刚从欧洲回来的同乡，从旅舍里来看我，见了我的闷闷的神气，弄得他说话也不敢高声。小孩儿下学回来了，一进门就吵得厉害，我打了他们两个嘴巴。这位刚从文明国里回来的绅士，更看得难受了，临行时便悄悄留下了一封钞票，预备着救一救我当日的急。其实，经济的压迫，倒也并不能够使我发愁，不过近来酒性不好，文章不敢写了以后，喝一点酒，老爱骂人。骂老婆不敢骂，骂用人不忍骂，骂天地不必骂，所以微醉之后，总只以五岁三岁的两个儿子来出气。

天晚了，客人也到齐了，菜还没有做好，于是乎先来一次五百攒。输了不甘心，赢了不肯息，就再来一次再来一次的攒了下去。肚皮饿得精瘪，膀胱胀得蛮大，还要再来一次。结果弄得头鸡叫了，夜饭才兹吃完。有的说，“到灵隐天竺去烧头香去罢！”有的说，“上城隍山去看热闹去罢！”人数多了，意见自然来得杂。谁也不愿意赞成谁，九九归原，还是再来一次。

天白茫茫的亮起来了，门外头爆竹声也没有，锣鼓声也没有，百姓真如丧了考妣。屋里头，只剩了几盏黄黄的电灯，和一排油满了的倦脸。地上面是瓜子壳，橘子皮，香烟头，和散铜板。

人虽则大家都支撑不住了，但因为是元旦，所以连眨着眼睛，连打着呵欠，也还在硬着嘴说要上那儿去，要上那儿去。

客散了，太阳出来了，家里的人都去睡觉了；我因为天亮的时候的酒意未消，想骂人又没有了人骂，所以只轻脚轻手地偷出了大门，偷上了城隍山的极顶。一个人立在那里举目看看钱塘江的水，和隔岸的山，以及穿得红红绿绿的许多默默无言的善男信女，大约是忽而想起了王小二过年的那出滑稽悲剧了罢，肚皮一捧，我竟“哈哈，哈哈，哈哈”的笑了出来，同时也打了几个大声的喷嚏。

回来的时候，到了城隍山脚下的元宝心，我听见走在我前面的一位乡下老太太，在轻轻地对一位同行的中年妇人说：“今年真倒霉，大年初一，就在城隍山上遇见了一个疯子。”

选自《闲书》，良友图书印刷公司 1936 年 5 月

北京的春节

老舍

按照北京的老规矩，过农历的新年（春节），差不多在腊月的初旬就开头了。“腊七腊八，冻死寒鸦”，这是一年里最冷的时候。可是，到了严冬，不久便是春天，所以人们并不因为寒冷而减少过年与迎春的热情。在腊八那天，人家里，寺观里，都熬腊八粥。这种特制的粥是祭祖祭神的，可是细一想，它倒是农业社会的一种自傲的表现——这种粥是用所有的各种的米，各种的豆与各种的干果（杏仁、核桃仁、瓜子、荔枝肉、莲子、花生米、葡萄干、菱角米……）熬成的。这不是粥，而是小型的农业展览会。

腊八这天还要泡腊八蒜。把蒜瓣在这天放到高醋里，封起来，为过年吃饺子用的。到年底，蒜泡得色如翡翠，而醋也有了些辣味，色味双美，使人要多吃几个饺子。在北京，过年时，家家吃饺子。

从腊八起，铺户中就加紧的上年货，街上加多了货摊子——卖春联的、卖年画的、卖蜜供的、卖水仙花的等等都是只在这一季节才会出现的。这些赶年的摊子都教儿童们的心跳得特别快一些。在胡同里，吆喝的声音也比平时更多更复杂起来，其中也有仅在腊月才出现的，像卖宪书[①]的、松枝的、薏仁米的、年糕的等等。

在有皇帝的时候，学童们到腊月十九日就不上学了，放年假一月。儿童们准备过年，差不多第一件事是买杂拌儿。这是用各种干果（花生、胶枣、榛子、栗子等）与蜜饯掺和成的，普通的带皮，高级的没有皮——例如，普通的用带皮的榛子，高级的用榛瓤儿。儿童们喜吃这些零七八碎儿，即使没有饺子吃，也必须买杂拌儿。他们的第二件大事是买爆竹，特别是男孩子们。恐怕第三件事才是买玩艺儿——风筝、空竹、口琴等——和年画儿。

儿童们忙乱，大人们也紧张。他们须预备过年吃的使的喝的一切。他们也必须给儿童赶快做新鞋新衣，好在新年时显出万象更新的气象。

二十三日过小年，差不多就是过新年的“彩排”。在旧社会里，这天晚上家家祭灶王，从一擦黑儿鞭炮就响起来，随着炮声把灶王的纸像焚化，美其名叫送灶王上天。在前几天，街上就有多少多少卖麦芽糖与江米糖的，糖形或为长方块或为大小瓜形。按旧

---

① 宪书：历书。——编者注

日的说法：用糖粘住灶王的嘴，他到了天上就不会向玉皇报告家庭中的坏事了。现在，还有卖糖的，但是只由大家享用，并不再粘灶王的嘴了。

过了二十三，大家就更忙起来，新年眨眼就到了啊。在除夕以前，家家必须把春联贴好，必须大扫除一次，名曰扫房。必须把肉、鸡、鱼、青菜、年糕什么的都预备充足，至少足够吃用一个星期的——按老习惯，铺户多数关五天门，到正月初六才开张。假若不预备下几天的吃食，临时不容易补充。还有，旧社会里的老妈妈论，讲究在除夕把一切该切出来的东西都切出来，省得在正月初一到初五再动刀，动刀剪是不吉利的。这含有迷信的意思，不过它也表现了我们确是爱和平的人，在一岁之首连切菜刀都不愿动一动。

除夕真热闹。家家赶作年菜，到处是酒肉的香味。老少男女都穿起新衣，门外贴好红红的对联，屋里贴好各色的年画，哪一家都灯火通宵，不许间断，炮声日夜不绝。在外边作事的人，除非万不得已，必定赶回家来，吃团圆饭，祭祖。这一夜，除了很小的孩子，没有什么人睡觉，而都要守岁。

元旦的光景与除夕截然不同：除夕，街上挤满了人；元旦，铺户都上着板子，门前堆着昨夜燃放的爆竹纸皮，全城都在休息。

男人们在午前就出动，到亲戚家，朋友家去拜年。女人们在家中接待客人。同时，城内城外有许多寺院开放，任人游览，小贩们在庙外摆摊，卖茶，食品，和各种玩具。北城外的大钟寺、西城外的白云观、南城的火神庙（厂甸）是最有名的。可是，开庙最初的两三天，并不十分热闹，因为人们还正忙着彼此贺年，无暇及此。到了初五六，庙会开始风光起来，小孩们特别热心去逛，为的是到城外看看野景，可以骑毛驴，还能买到那些新年特有的玩具。白云观外的广场上有赛轿车赛马的；在老年间，据说还有赛骆驼的。这些比赛并不争取谁第一谁第二，而是在观众面前表演骡马与骑者的美好姿态与技能。

多数的铺户在初六开张，又放鞭炮，从天亮到清早，全城的炮声不绝。虽然开了张，可是除了卖吃食与其他重要日用品的铺子，大家并不很忙，铺中的伙计们还可以轮流着去逛庙，逛天桥，和听戏。

元宵（汤圆）上市，新年的高潮到了——元宵节（从正月十三到十七）。除夕是热闹的，可是没有月光；元宵节呢，恰好是明月当空。元旦是体面的，家家门前贴着鲜红的春联，人们穿着新衣裳，可是它还不够美。元宵节，处处悬灯结彩，整条的大街像是办喜事，火炽而美丽。有名的老铺都要挂出几百盏灯来，有的一律是玻璃的，有的清一色是牛角的，有的都是纱灯；有的各形各色，有的通通彩绘全部《红楼梦》或《水浒传》故事。这，在当年，也就是一种广告；灯一悬起，任何人都可以进到铺中参观；晚间灯中都点上烛，观者就更多。这广告可不庸俗。干果店在灯节还要作一批杂拌儿生意，所以每每独出心裁的，制成各样的冰灯，或用麦苗作成一两条碧绿的长龙，把顾客招来。

除了悬灯，广场上还放花合。在城隍庙里并且燃起火判，火舌由判官的泥像的口、耳、鼻、眼中伸吐出来。公园里放起天灯，像巨星似的飞到天空。

男男女女都出来踏月、看灯、看焰火；街上的人拥挤不动。在旧社会里，女人们轻易不出门，她们可以在灯节里得到些自由。

小孩子们买各种花炮燃放，即使不跑到街上去淘气，在家中照样能有声有光的玩耍。家中也有灯：走马灯——原始的电影——宫灯、各形各色的纸灯，还有纱灯，里面有小铃，到时候就叮叮的响。大家还必须吃汤圆呀。这的确是美好快乐的日子。

一眨眼，到了残灯末庙，学生该去上学，大人又去照常作事，新年在正月十九结束了。腊月和正月，在农村社会里正是大家最闲在的时候，而猪牛羊等也正长成，所以大家要杀猪宰羊，酬劳一年的辛苦。过了灯节，天气转暖，大家就又去忙着干活了。北京虽是城市，可是它也跟着农村社会一齐过年，而且过得分外热闹。

在旧社会里，过年是与迷信分不开的。腊八粥，关东糖，除夕的饺子，都须先去供佛，而后人们再享用。除夕要接神；大年初二要祭财神，吃元宝汤（馄饨），而且有的人要到财神庙去借纸元宝，抢烧头股香。正月初八要给老人们顺星、祈寿。因此那时候最大的一笔浪费是买香蜡纸马的钱。现在，大家都不迷信了，也就省下这笔开销，用到有用的地方去。特别值得提到的是现在的儿童只快活的过年，而不受那迷信的熏染。他们只有快乐，而没有恐惧——怕神怕鬼。也许，现在过年没有以前那么热闹了，可是多么清醒健康呢。以前，人们过年是托神鬼的庇佑，现在是大家劳动终岁，大家也应当快乐的过年。

原载于 1951 年 1 月《新观察》第 2 卷第 2 期

过节和观灯（节选）

沈从文

灯节的灯

元宵主要在观灯。观灯成为一种制度，似乎《荆楚岁时记》中就提起过，比较具体的记载，实起始于唐初，发展于两宋，来源则出于汉代燃灯祀太乙。灯事迟早不一，有的由十四到十六，有的又由十五到十九。“灯市”得名并扩大作用，也是从宋代起始。论灯景壮丽，过去多以为无过唐宋。笔记小说记载，大都说宫廷中和贵族戚里灯彩奢侈华美的情况。

观灯有“灯市”，唐人笔记虽记载过，正式举行还是从北宋汴梁起始，南宋临安续有发展，明代则集中在北京东华门大街以东八面槽一带。从《东京梦华录》和其他记述，得知宋代灯市计五天，由十五到十九。事先必搭一座高达数丈的“鳌山灯棚”，上面布置各种灯彩，燃灯数万盏。封建皇帝到这一天，照例坐了一顶敞轿，由几个亲信太监抬着，倒退行进，名叫“鹁鸽旋”，便于四面看人观灯。又或叫几个游人上前，打发一点酒食，旧戏中常用的“金杯赐酒”即由之而来。说的虽是“与民同乐”，事实上不过是这个皇帝久闭深宫，十分寂寞无聊，大臣们出些巧主意，哄着他开心遣闷而已。宋人笔记同时还记下许多灯彩名目，“琉璃灯”可说是新品种，不仅在富贵人家出现，商店中也起始用它来招引主顾，光如满月。“万眼罗”则用红白纱罗拼凑而成。至于灯棚和各种灯球的式样，有《宋人观灯图》和《宋人百子闹元宵图》，还为我们留下些形象材料。由此得知，明清以来反映到画幅上如《金瓶梅》《宣和遗事》和《水浒传》插图中种种灯景，和其他工艺品——特别是保留到明清锦绣图案中，百十种极其精美好看旁缀珠玉流苏的多面球灯，基本上大都还是宋代传下来的式样。另外画幅上许多种鱼、龙、鹤、凤、巧作灯、儿童竹马灯、在地下旋转不停的滚灯，也由宋代传来。宋代“琉璃灯”和“万眼罗”，明代的“金鱼注水灯”，和用千百蛋壳作成的巧作灯，用冰琢成的冰灯，式样作法虽已难详悉，至于明代有代表性实用新品种，“明角灯”和“料丝灯”，实物在故宫还有遗存的。历史博物馆又还有个《明宪宗宫中行乐图》，画的是宫中过年情形，留下许多好看成串成组宫灯式样。这个传世宫廷画卷，上面还有个松柏枝扎成上挂八仙庆寿的鳌山灯棚，及灯节中各种杂剧杂技活动，焰火燃放情况，并且还有一个乐队，一个“百蛮进宝队”，几个骑竹马灯演《三战吕布》戏文故事场面，画出好些明代北京民间灯节风俗面貌。货郎担推的小车，还和宋元人画的货郎图差不多，车上满挂各种小玩具和灯彩，货郎作一般小商人装束。照明人笔记说，这种种却是专为宫廷娱乐仿照市面上风光预备的。宫廷中养了七百人，就是为皇帝一人开心而预备的。到万历时才有大臣上奏，把人数减去一半。

新的时代灯节已完全为人民所有，作灯器材也大不同过去，对于灯的要求又有了基本改变，节日即或依旧照时令举行，意义已大不相同了。

古代灯节不只是正月元宵，七月的中元，八月的中秋，也常有灯事。解放后，则“五一”劳动节和“十一”国庆节，全国各处都无不有盛会庆祝。天安门前广场和人民大会堂的节日灯景，应说是极尽人间壮观。不仅是历史上少见，更重要还是人民亲手创造，又真正同享共有这一切。

关于天安门节日的灯火，已经有了许多好文章好报道。另外我记得特别亲切的，却是前后四个月施工期间，广场中那一片辉煌灯火。因为首都所有机关工作同志和万千市民，都曾经热情兴奋在灯火下，和工人、农民、解放军一道，为这个有历史性的广场和两旁宏伟建筑出过一把力。

从个人经验来说，解放以后另外还有许多灯景，也这么具有历史意义，给我以深刻难忘印象。比如十三陵水库大坝落成前夕的灯，就是其中之一。

在修建这个水库时，我和作家协会几个同志前后曾到过四次：第一次是初步开工，指挥所还设在山脚一个小村子里。第二次已开始在挖底，指挥所移到了大坝前小孤山。第四次是落成前一星期，大家正分别住在工地附近帐篷中，天气热得出奇。每天早晚除分别访问劳动模范，照例必去工地看看工程进展。前一天还眼见各处是大小不一的土石堆，各处是搬运土石的车辆和人流，空中到处牵满了电线，地面到处有水管纵横。堤坝下边长链条的运石子机、水泥拌和机，和堤上压路机、起重机，轰轰隆隆的响成一片。大坝虽在不断增高，到处都似乎还乱乱的，不像十天半月能完工。这天晚上我和几个同志又去看看时，才大吃一惊，原来不过一天工夫，工地全部已变了样子。所有机器全部不见了，一切土石堆打扫得干干净净、平平整整像个公园一样，堤坝下空落落的，堤坝上也无一个人，整个环境静得出奇。天上星月嵌在宁静蓝空中，也像是大了近了许多。正当我们到达坝上时，忽然间大坝下广场里十二万盏五色电灯齐明，让我们仿佛突然进到一个童话仙境里一般。我们就浮在这个闪烁不定的星海上，直到半夜。这种神奇动人的灯景，实在不是任何另外一时其他灯景能够代替的。第二天晚上，正式举行庆祝落成典礼时，约有二十万工人、农民和解放军及三百来个专业文艺团体及其他民间文艺队伍参加，在灯光下进行联欢演出。我们先是在堤坝上看了许久，随后又到堤下人丛中各处挤去。灯光下种种动人景象，也是无从让别的灯景代替的。十多年来，国家基本建设在全国范围内进行，亿万人民在党领导下完成了数不清的水库、桥梁、工厂、学校，万千座高楼大厦，每次欢庆落成典礼时，都必然有同样热烈的庆祝大会在灯火烛天热闹光景下举行，身预其事的人，一定怀着和我们差不多的感情，留在记忆中的灯景，想忘记也忘记不了！

前年岁暮年末，我和作家协会几个同志，在革命圣地井冈山茨坪参观访问，正赶上青年干部下放参加山区建设四周年纪念日。这几百个年轻同志，都是四年前离开学校，响应党的号召，来自全国各地，上山建设新山区的新型知识分子，其中女性且占一半。此外还有井冈歌舞团全体，和来自瓷都景德镇的歌舞团全体。管理局朱局长，却生长在附近山村里，十多岁就参加了工农红军，跟随毛主席万里长征，现在又重新上山，领导青年建设新山区。八百多公尺高的茨坪，过去不到二十户人家，近来已有三十多座大小楼房。新落成的七层大厦，依山据胜，远望常在云雾中的井冈山顶峰，青碧明灭，变幻不测，近接群峰，如相互揖让。礼堂在革命博物馆附近，灯光下一个个年轻健康红润的脸孔，无不见出活泼中的坚韧，对于改变山区面貌，具有克服困难完成工作的信心。四年来这些青年和当地人民、解放军战士一道参加公路、水电站及其他开荒生产建设取得的成就，和自我思想改造的成就，都十分显明。大会结束后，我们和歌舞团一群青年朋友回转招待所时，天已落了大雪，远近一片白蒙蒙。一面走一面想起红军刚上山来种种情形。在这种光景下，把国家过去、当前和未来贯串起来，一切景象给我的教育意义，真是格外深长。这种灯景也是我一生难忘的。

由于解放后有机会看到过这么一些背景各不相同壮丽庄严的灯景，从这些灯景中体会出国家在中国共产党的领导下，亿万人民真正当家作主后，通过有计划、有组织、有目的的长期劳动，如何在迅速改变整个国家的面貌。社会不断前进，而灯节灯景也越来越宏伟辉煌，并且赋以各种不同深刻意义。回过头来看看半世纪前另外一些小地方年节风俗，和规模极小的灯节灯景，就真像是回到一个极其古老的历史故事里去了。

我生长家乡是湘西边上一个居民不到一万户口的小县城，但是狮子龙灯焰火，半世纪前在湘西各县却极著名。逢年过节，各街坊多有自己的灯。由初一到十二叫“送灯”，只是全城敲锣打鼓各处玩去。白天多大锣大鼓在桥头上表演戏水，或在八九张方桌上盘旋上下。晚上则在灯火下玩蚌壳精，用细乐伴奏。十三到十五叫“烧灯”，主要比赛转到另一方面，看谁家焰火出众超群。我照例凭顽童资格，和百十个大小顽童，追随队伍城厢内外各处走去，和大伙在炮仗焰火中消磨。玩灯的不仅要气力，还得要勇敢，为表示英雄无畏，每当场坪中焰火上升时，白光直泻数丈，有的还大吼如雷，这些人却不管是“震天雷”还是“猛虎下山”，照例得赤膊上阵，迎面奋勇而前。我们年纪小，还无资格参预这种剧烈活动，只能趁热闹在旁呐喊助威。有时自告奋勇帮忙，许可拿个松明火炬或者背背鼓，已算是运气不坏。因为始终能跟随队伍走，马不离群，直到天快发白，大家都烧得个焦头烂额，精疲力尽。队伍中附随着老渔翁和蚌壳精的，蚌壳精向例多选十二三岁面目俊秀姣好男孩子充当，老渔翁白须白发也做得俨然，这时节都现了原形，狼狈可笑。乐队鼓笛也常有气无力板眼散乱的随意敲打着。有时为振作大伙精神，乐队中忽然又悠悠扬扬吹起“踹八板”来，狮子耳朵只那么摇动几下，老渔翁和蚌壳精即或得应着鼓笛节奏，当街随意兜两个圈子，不到终曲照例就瘫下来，惹得大家好笑！最后集中到个会馆前点验家伙散场时，正街上江西人开的南货店、布店，福建人开的烟铺，已经放鞭炮烧开门纸迎财神，家住对河的年轻苗族女人，也挑着豆豉萝卜丝担子上街叫卖了。

有了这个玩灯烧灯经验底子，长大后读宋代咏灯节事的诗词，便觉得相当面熟，体会也比较深刻。例如吴文英作的《玉楼春》词上半阕：

> 茸茸狸帽遮梅额，金蝉罗翦胡衫窄，乘肩争看小腰身，倦态强随闲鼓笛。

写的虽是八百年前元夜所见，一个小小乐舞队年轻女子，在夜半灯火阑珊兴尽归来时的情形，和半世纪前我的见闻竟相差不太多。因为那八百年虽经过元明清三个朝代，只是政体转移，社会变化却不太大。至于解放后虽不过十多年，社会却已起了根本变化，我那点儿时经验，事实上便完全成了历史陈迹，一种过去社会的风俗画。边远小地方年轻人，或者还能有些相似而不同经验，可以印证，生长于大都市见多识广的年轻人，倒反而已不大容易想象种种情形了。

原载于 1963 年 4 月《人民文学》第 4 期

清　明

鲁彦

晨光还没有从窗眼里爬进来，我已经钻出被窝坐着，推着熟睡的母亲。

“迟啦，妈，锣声响啦！”

母亲便突然从梦中坐起，揉着睡眼，静默地倾听着。

“没有的！天还没亮呢！”

“好像敲过去啦。”

于是母亲也就不再睡觉，急忙推开窗子，点着灯，煮早饭了。

“嘉溪上坟去罗！……噔噔……五公祀上坟去罗！……”待母亲将饭煮熟，第一次的锣声才真的响了，一路有人叫喊着，从桥头绕向东芭弄。

我打开门，在清白的晨光中，奔跑到埠头边：河边静悄悄的，不见一个人，船还没有来。

正吃早饭，第二次的锣声又响了，敲锣的人依然大声地喊着：

“嘉溪上坟去罗！……噹噹……五公祀上坟去罗！……”

我匆忙地吃了半碗饭，便推开碗筷，又跑了出去。这时河边显得忙碌了。三只大船已经靠在埠头，几个大人正在船中戽水，铺竹垫，摆椅凳。岸上围观着许多大人和小孩，含着紧张的神情。我呆木地站着，心在辘辘地跳动。

“慌什么呀！饭没有吃饱，怎么上山呀？快些回去，再吃一碗！”母亲从后面追上来了。

“老早吃饱啦！”

“半碗，怎么就饱啦！起码也得吃两碗！回去，回去！”

“吃饱啦就吃饱啦！谁骗你！”我不耐烦的说。

于是母亲喃喃地说着走回家里去了。

埠头边的人愈聚愈多，一部分人看热闹，一部分人是去参加上祖先的坟的。有些人挑羹饭，有些人提纸钱，有些人探问何时出发。喧闹忙乱，仿佛平静的河水搅起了波浪。我静默地等着，心中却像河水似的荡漾着。

“加一件背心吧，冷了会生病的呀！”

我转过头去，母亲又来了，她已经给我拿了一件背心来。

“走起来热煞啦，还要加背心做什么？拿回去吧！”我摇着头，回答说。

“老是不听话！”母亲喃喃地埋怨着，用力把我扯了过去，亲自给我穿上，扣好了扣子。

这时第三次的锣声响了。

“嘉溪上坟去罗！……噎噎……五公祀上坟去罗……船要开啦……船要开啦……”

岸上的人纷纷走到船上，我也就跳上了船头。

“什么要紧呀！”母亲又叫着说了，“船头坐不得的！……船仓里去！……听见吗？”

我只得跳到船头与船仓的中间，坐在插纤竿的旁边。

但是母亲仍不放心，她又在叫喊了：

“坐到船底上去，再进去一点！那里会给纤竿打下河去的呀！”

“不会的！愁什么！”我不快活地瞪着眼睛说。

“真不听话！……阿成叔，烦你照顾照顾这孩子吧！”她对着坐在我身边的阿成叔说。

“那自然，你放心好啦！你回去吧！”

但是母亲仍不放心，站在河边要等着船开走。

这时三只大船里都已坐满了人，放满了东西。还不时有人上下，船在微微地左右倾侧着。

“天会落雨呢！”

“不会的！”

“我已带了雨伞。”

“我连木屐也带上了。”

船上忽然有些人这样说了起来。我抬头望着天上，天色略带一点阴沉，云在空中缓慢地移动着，远远的东边映照着山后的阳光。

“开船啦！开船啦！……噹噹……”这是最后一次的锣声了，敲锣的接着走上我们这只最后开的船，摇船的开始解缆了。

我往岸上望去，母亲已经不在岸上，不知什么时候走的。我喜欢坐在船头上，这时便又扶着船边，从人丛中向前挤了两三步。

“不要动！不要动！会掉下水里去！”阿成叔叫着，但他已经迟了。

“好吧，好吧！以后可再不要动啦！”摇船的把船撑开岸，叫着说。

“你这孩子好大胆！……再不要动啦！”我身边一个祖公辈的责备似的说了，“你看，你妈又来了哪！”

我把眼光转到岸上，母亲果然又来了。她左手挟着一柄纸伞，摇着右手，叫着摇船的人，慌急地移动着脚步。一颠一簸，好像立刻要栽倒似的追扑了过来。

“船慢点开！……阿连叔！……还有一把伞给小孩！……”

但这时船已驶到河的中心，在岸上拉纤的已经弯着背跑着，船已咽咽咽地破浪前进了。

“算啦！算啦！不会下雨的！”摇船的阿连叔一面用力扳着橹，一面大声的回答着。

母亲着慌了，她愈加急促地沿着船行的方向奔跑起来，一路摇着手，叫着：“要落雨的呀！……拉纤的是谁！……慢点走哪！”

我在船上望见她踉跄得快跌倒了。着了急，忽然站了起来，用力踢着船沿。船突然倾侧几下，满船的人慌了，这才大家齐声地大喊，阻住了拉纤的人。

“交给我吧，到了桥边会递给他的。”一个拉纤的跑回来，向母亲接了伞，显出不快活的神情。

这时母亲已跑到和船相并的地方站住了。我看见她一脸通红，额上像滴着汗珠，喘着气。

“真是多事，那里会落雨！落了雨又有什么要紧！”我暗暗地埋怨着，又大声叫着说：“回去吧，妈！”

“好回去啦！好回去啦！”船上的人也叫着，都显出不很高兴的神情。

船又开着走了。母亲还站在那里望着，一直到船转了弯。

两岸的绿草渐渐多了起来，岸上的屋子渐渐少了。河水平静而且碧绿，只在船头下咽咽地响着，在船的两边翻起了轻快的分水波浪。船朝着拉纤的方向倾侧着。一根直的竹做的纤竿这时已成了弓形，不时发出格格的声音，顶上拴着的纤绳时时颤动着，一松一紧地拖住了岸上三个将要前仆的人的背，摇橹的人侧着橹推着扳着，船尾发出劈拍的声音，有些地方大树挡住了纤路，或者船在十字河口须转方向，拉纤的人便收了纤绳，跳到船上，摇橹的人开始用船尾的大橹拨动着水，船像摇篮似的左右荡漾着慢慢前进。

一湾又一湾，一村又一村，嘉溪山渐渐近了，最先走过狮子似的山外的小山，随后从山峡中驶了进去。这里的河面反而特别宽了，水流急了起来，浅滩中露着一堆堆的沙石。我们的船一直驶到河道的尽头，船头冲上了沙滩，现在船上的人全上岸了。我和几个十几岁的同伴早已在船上脱了鞋袜，卷起了裤脚，不走山路，却从沁人的清凉的溪水里走向山上去，一面叫着跳着，像是笼里逃出来的小鸟。

祖先的故墓是在山麓的上部，那里生满了松树和柏树。我们几个孩子先在树林中跑了几个圈子，听见爆竹和锣声，才到坟前拜了一拜，拿了一支竹签，好带回家里去换点心。随后跑向松树林中，爬了上去采松花，装满了衣袋，兜满了前襟，听见爆竹和锣声又一直奔下山坡，到庄家那里去吃午饭，这时肚子特别饿了，跑到庄前就远远地闻到了午饭的香气。我平常最爱吃的是毛笋烤咸菜，这时桌上最多的正是这一样菜，便站在长桌旁，挤在大人们的身边，开始吃了起来，饭虽然粗硬，菜虽然冷，却觉得特别的有味，一连吃了三大粗碗饭。筷子一丢，又往附近去跑了。隆重的热闹的扫墓典礼，我只到坟边学样地拜了一拜，我的目的却在游玩。但也并不知道游玩，只觉得自由快乐，到处乱跑着。

回家的锣声又响时，果然落雨了。它像雾一样，细细地袭了过来。我挟着雨伞，并不使用，披着一身细雨，踏着溪流，欢乐地回到了泊船的河滩上。

清明节就是这样的完了。它在我是一个最欢乐的季节。

选自《旅人的心》，文化生活出版社 1937 年

上元灯话[1]

周瘦鹃

农历正月十五日向称“上元”，这夜即称“元夕”，俗称“元宵”，旧俗必须张灯，盛极一时。考之旧籍，据说还是起于唐代睿宗景云二年，只有一夜。到唐玄宗时，改为三夜，元宵前后各一夜。到了北宋乾德五年，又加上十七、十八两夜，增为五夜。到南宋理宗淳祐三年时又增一夜，自十三夜起，名为试灯。到得明代朱太祖时，更变本加厉，增为十夜，自初八夜起张灯于市，到十七夜才罢，名为灯市。近年来苏沪风俗，都以十三夜至十八夜为灯节，倒还是依照着南宋的旧俗。

制灯最工巧的地方，近推浙江菱湖。往年我在上海居住时，就听得菱湖灯彩的大名，也曾见过各式各样的菱湖灯，确有鬼斧神工之妙。记得当年有一个叫做桑栋臣的，专给新旧剧场扎灯彩，听说他

---

① 本文包括《上元灯话》和《再话上元灯》两篇文章。——编者注

就是菱湖人，技术确很不差。但在宋代，苏州倒是以制灯著名的。周密《乾淳岁时记》称：“元夕张灯，以苏灯为最。圈片大者径三四尺，皆五色琉璃所成，山水人物，花竹翎毛，种种奇妙，俨然着色便面也。”梅里人用彩笺铸细巧人物扎灯，名梅里灯，也很有名。又有一种夹纱灯，是用彩纸刻花竹禽鱼而夹以轻绡的，现在恐已失传了。清代道光年间，阊门内吴趋坊皋桥中市一带，都有出卖各种彩灯的，满街张灯，陆离光怪，令人目不暇给。人物有张君瑞跳粉墙、西施采莲花、刘海戏蟾诸品。花果有莲、藕、玉兰、牡丹、西瓜、葡萄诸品。禽兽水族则有孔雀、凤凰、鹤、鹿、马、兔、猴与金鱼、鲤鱼、虾、蟹诸品，其他如龙船灯、走马灯等，不胜枚举。一九五四年春节，人民路怡园为了引起大众兴趣，特请名手精制彩灯大小数十只，全用各式绢绸，或加彩绘，或缀流苏，十分悦目；而给我以良好印象的，是塔灯、莲花灯和走马灯三只，不愧为个中精品。

走马灯是我儿时最爱看的。大概用纸剪了人物车马或京剧中的《三国演义》《水浒传》等戏，着了彩色，粘贴在竹制的轮子上，承以蛎壳，一点上蜡烛，就会转动。大抵小朋友们都是喜欢这玩意儿的。清代吴縠人有《辘轳金井》词《咏走马灯》云：

涨烟飞焰，送星蹄逐队，奔腾不少。一片迷离，向蝉纱围绕。帘深夜悄。怕壁上、观来应笑。几许英雄，明明灭灭，冬烘头脑。

平生壮怀渐老。念五陵游历，空负年少。陈迹团团，叹磨驴潦倒。山香插帽。要鼓打、太平新调。尽洗弓兵，飙轮迅卷，月斜天晓。

古时重视上元，夜必张灯，以唐代开元年间为最盛。旧籍中曾说："上元日天人围绕，步步燃灯十二里。"其盛况可以想见。诗人崔液曾有《上元夜》六首记其事。兹录其两首云：

今年春色胜常年，此夜风光最可怜。
鳷鹊楼前新月满，凤凰台上宝灯燃。

神灯佛火百轮张，刻像图形七宝装。
影里如闻金口说，空中似散玉毫光。

所谓灯市，宋代初期，也称极盛。《石湖乐府》序中曾记苏州灯市盛况，据说元夕前后，各采松枝竹叶，结棚于通衢，昼则悬彩，杂引流苏；夜则燃灯，辉煌火树，朱门宴赏，衍鱼虎，列烛膏，金鼓达旦，名曰灯市。凡阛门以内，大街通路，灯彩遍张，不见天日。到了后来，却渐渐衰落了。明初，灯市又极热闹，南都搭了彩楼，招徕天下富商，放灯十天。北都灯市在东华门，东亘二里，自初八起，到十三就盛起来，到十七才止。白天，各处的珍异古董以及服用之物，都来参加，好像开展览会一样。入夜便张灯放烟火，还有鼓吹杂要弦乐，通宵达旦。据刘侗所记称："丝竹肉声，不辨拍煞，光影五色，照人无妍媸，烟罥尘笼，月不得明，露不得下。”那时明太祖刚建了都，大概就借这元宵来庆祝一下吧？

清初，灯市也盛极一时，上元不可无灯，已成了牢不可破的风俗。如康熙年间，词人彭孙遹有《洞仙歌》咏《元夕》云：

> 千门万户，听踏歌声遍。一派笙箫暗尘远，有麝兰通气，罗绮如云，香过处，隐隐红帘尽卷。
>
> 闲行南北曲，玉醉花嫣，争簇天街闹蛾转。更谁家艳质，灯火阑干，蓦地里、夜深重见。向皓月光中费疑猜，不道是今宵，广寒人现。

又嘉庆年间，王锡振有《鹧鸪天》词《元夕出游》云：

> 油壁香车騕袅轻。天街风扑暗尘生。市楼一簇金盘焰，便碍纱笼侧帽行。
>
> 前堕珥，后遗簪。烛围灯树几家屏。鱼龙杂遝街如墨，不觉当头有月明。

读了这两首词，便可知道那时看灯的兴高采烈了。

明代张大复《梅花草堂笔谈》，是小品文中的代表作，文笔隽永，读之如啖谏果（橄榄），很有回味。他曾有《上元》一篇云：“东坡夜入延祥寺，为观灯也。僧舍萧然无灯，大败人意，坡乃作诗云：‘门前歌舞闹分明，一室清风冷欲冰。不把琉璃闲照佛，始知无烬亦无灯。’此老胸次洒落，机颖圆通，聊作此志笑耳。崔液云：‘玉漏铜壶且莫催，铁关金锁辄明开。谁家见月能闲坐，何处闻灯不看来。’方是真实语。老盲不能夜游，晚来月色如银，意欲随逐行辈，稍穿城市，而痁鬼恼人，裹足高卧。幼女提一莲灯戏视，亦自灿然。”

他老人家不能出去看灯，而对于幼女的莲花灯却表示好感。我爱莲花，也爱莲花灯，今年元宵，就买了个莲花灯，聊以自娱。

选自《花前琐记》，通俗文艺出版社 1955 年 6 月

图书在版编目（CIP）数据

生活有小暖 / 丰子恺等著. — 成都 :天地出版社，2024.8

ISBN 978-7-5455-8354-0

Ⅰ.①生… Ⅱ.①丰… Ⅲ.①散文集—中国—现代 Ⅳ.①I266

中国国家版本馆CIP数据核字（2024）第089868号

SHENGHUO YOU XIAO NUAN

生活有小暖

出品人　陈小雨　杨　政
作　　者　丰子恺等
责任编辑　柳　媛
责任校对　马志侠
封面设计　V　霄
责任印制　王学锋

出版发行　天地出版社
（成都市锦江区三色路238号　邮政编码：610023）
（北京市方庄芳群园3区3号　邮政编码：100078）
网　　址　http://www.tiandiph.com
电子邮箱　tianditg@163.com
经　　销　新华文轩出版传媒股份有限公司

印　　刷　北京文昌阁彩色印刷有限责任公司
版　　次　2024年8月第1版
印　　次　2024年8月第1次印刷
开　　本　880mm×1230mm 1/32
印　　张　8
插　　页　8P
字　　数　170千字
定　　价　49.80元
书　　号　ISBN 978-7-5455-8354-0

咨询电话：（028）86361282（总编室）
购书热线：（010）67693207（营销中心）

从声音到文字，分享人类智慧

天喜文化